TITAN

Collection dirigée par
Stéphanie Durand

Du même auteur chez Québec Amérique

TIKI
TROPICAL

Projet dirigé par Stéphanie Durand

Conception graphique : Sara Tétreault et Julie Villemaire
Mise en pages : Andréa Joseph [pagexpress@videotron.ca]
Révision linguistique : Line Nadeau et Annie Pronovost
En couverture : Photomontage réalisé à partir de la photo de
    Nejron Photo/shutterstock.com

Québec Amérique
329, rue de la Commune Ouest, 3ᵉ étage
Montréal (Québec) Canada H2Y 2E1
Téléphone : 514 499-3000, télécopieur : 514 499-3010

Nous reconnaissons l'aide financière du gouvernement du Canada par
l'entremise du Fonds du livre du Canada pour nos activités d'édition.

Nous remercions le Conseil des arts du Canada de son soutien. L'an
dernier, le Conseil a investi 157 millions de dollars pour mettre de l'art
dans la vie des Canadiennes et des Canadiens de tout le pays.

Nous tenons également à remercier la SODEC pour son appui finan-
cier. Gouvernement du Québec – Programme de crédit d'impôt pour
l'édition de livres – Gestion SODEC.

Conseil des Arts   Canada Council   *SODEC*
du Canada   for the Arts   Québec ✚✚

**Catalogage avant publication de Bibliothèque et Archives nationales
du Québec et Bibliothèque et Archives Canada**

Boulanger, Fabrice
Tiki tropical
(Titan ; 109)
Pour les jeunes.
ISBN 978-2-7644-2247-2 (Version imprimée)
ISBN 978-2-7644-2927-3 (PDF)
ISBN 978-2-7644-2928-0 (ePub)
I. Titre. II. Collection : Titan jeunesse ; 109.
PS8553.O838T54 2015   jC843'.54   C2014-942656-9
PS9553.O838T54 2015

Dépôt légal : 1ᵉʳ trimestre 2015
Bibliothèque nationale du Québec
Bibliothèque nationale du Canada

Imprimé au Québec

**FABRICE
BOULANGER**

TIKI
TROPICAL

Québec Amérique

TIKI TROPICAL

UNE ÎLE, UNE ÉMISSION,

SIX CONCURRENTS,

UNE SEULE QUESTION :

ONT-ILS ÉCHOUÉ
AU BON ENDROIT ?

SÉQUENCE 1 : EXT.-OCÉAN PACIFIQUE-JOUR

La caméra se promène sur un vieux bateau de
pêche en plein milieu d'un océan bleu turquoise.
Générique d'introduction. On croise sur le pont
six adolescents habillés de la même façon. Ils
regardent vers le large et ils ont tous un cocktail
fruité à la main.

Jean-Pascal Abolan, présentateur de l'émission,
se tourne face à la caméra.

Jean-Pascal
« Bienvenue ! Bienvenue à cette nouvelle
expérience audiovisuelle exceptionnelle
proposée par Crash TV, la chaîne de télévision qui vous fait sortir de votre réalité.
Bienvenue, chers téléspectateurs, dans
l'océan Pacifique, non loin de la Polynésie
française et certainement dans l'un des
endroits les plus beaux de la planète.

C'est vers un archipel peu exploré de la région, à cause de ses dangereux récifs, que nous nous dirigeons. Isolés, privés de tout, six adolescents vont affronter les éléments, déjouer les pièges de la nature et se mesurer aux autres. »

Les six participants sont assis en groupe dans le bateau. L'animateur fait les présentations.

Jean-Pascal

« Six adolescents québécois ont traversé la moitié du globe pour se retrouver ici, avec pour seul bagage les vêtements que nous leur avons fournis et une volonté de fer. Ils ont dû abandonner tous leurs biens personnels lors de notre départ de Papeete, et c'est les poches vides qu'ils se démarqueront dans différentes épreuves. Ces adolescents, choisis parmi des centaines de candidats, sont tous prêts à vivre une expérience de survie exceptionnelle d'une semaine, pendant laquelle ils seront livrés à eux-mêmes sur une île déserte. Ils devront trouver de la nourriture, construire un abri et faire face à une multitude de défis qui mettront leurs nerfs à rude épreuve. Encadrés par une équipe technique réduite, ils devront survivre sans aucune aide de notre part. Tous ont leur personnalité et viennent de milieux très différents. Tous ont le potentiel de gagner. »

Jade

« J'aime être en gang. Faire des pique-niques sur la plage, le soir, près d'un bon feu, tout ça... J'habite sur la côte, alors la mer, ça ne me dépayse pas trop. Un peu comme un poisson dans l'eau, hi ! hi ! Je pense que je suis faite pour ce genre d'aventure. Je devrais pouvoir aider le groupe, je suis pas mal débrouillarde et hum... pas mal sympa aussi ! J'ai tout ce qu'il faut pour m'en sortir haut la main. »

Dimitri

« Électricité, électronique, ce sont des domaines que j'adore. Ce sont... Oui, ça demande une certaine réflexion... J'ai déjà gagné des concours dans ces domaines, mais je crois qu'il faut aussi pouvoir se tourner vers d'autres choses, alors... Je ne suis pas habitué à la vie en groupe, j'ai envie de découvrir ce que c'est. D'habitude, je suis plutôt du genre bricoleur solitaire... »

Samuel

« J'avais le goût de tester ce que je vis sur ma console de jeux mais en vrai, genre...

Je me défends pas mal en stratégie, je devrais pouvoir m'en sortir ici. Je vois ça un peu comme ça. Genre, un jeu de stratégie où tu fais tout ce que tu peux pour pas te faire éliminer par le jury. En plein dans mes cordes ! »

Jean-Pascal

« Eh oui ! chers téléspectateurs, les participants sont tous soumis à une règle immuable : après chaque journée, un jury extérieur éliminera le candidat le moins méritant ou celui qui aura mis en péril l'équilibre du groupe. Un seul restera, un seul gagnera. Un seul empochera le chèque de cent mille dollars remis en mains propres par le président-directeur général de Crash TV, Alex Straton, à la fin d'une semaine qui s'annonce déjà mémorable ! »

Émilie

« Je... je ne suis pas trop à l'aise en groupe. C'est le type d'expérience qu'il me faut, j'imagine. Paraît que j'ai certaines ressources en moi et que pour évoluer, je dois sortir de ma zone de confort. Et puis, je sais que je peux survivre avec un minimum de ressources. Pas trop gourmande, je suis plutôt agile et rapide comme une petite souris. Tout le monde a besoin d'une petite souris ! »

Maria-Elena

« Je suis ici pour l'action, évidemment...
mais pour le soleil aussi, *el sol*! J'aime
bouger. Je déteste qu'on me marche sur
les pieds. Je suis une fille fonceuse,
toujours à la recherche de nouveaux défis.
N'importe quoi plutôt que pelleter de la
neige! C'est pour ça que je suis ici. »

François

« J'ai une idée assez précise de ce qu'il
faut faire pour s'en sortir dans ce genre
de situations. Une île déserte, ce n'est pas
tellement différent d'un camp de chasse
et pêche. Les autres auront besoin de moi
s'ils veulent tenir le coup. Moi, j'ai besoin
de gagner. »

L'animateur brandit son cocktail en invitant les
participants à faire de même.

Jean-Pascal

« Rien de tel qu'un verre de l'amitié
pour lancer cette fantastique aventure.
Dans quelques heures, nous aurons atteint
notre destination et les candidats seront
livrés à eux-mêmes. »

Jean-Pascal (voix off)

« Une île, une émission, six concurrents,
une seule question: qui sera l'ultime
survivant ? »

ÉPISODE 1

Dimitri

A priori, d'après la position du soleil, il doit être autour de midi. C'est une question d'ombre, la position de l'astre par rapport à notre situation géographique… Le sable est collé à mes vêtements. Ça doit faire un moment que je suis ici. Il fait très chaud. Tout ce dont je me souviens, c'est d'un début de tempête, hier soir. Peu après l'enregistrement de l'introduction, le climat s'est dégradé. On a dû dériver un bon moment avant de toucher terre. J'ai beau me tâter, pas de blessure, pas de douleur. Lunettes dans ma poche. Pas cassées. Fiou, tout va bien de ce côté-là.

Autour de moi, c'est une plage à perte de vue, des palmiers et, plus loin, de la végétation jusqu'à l'horizon.

Les autres participants sont tous dispersés sur le rivage à quelques mètres de moi, certains éveillés, d'autres encore étalés dans le sable. Que se passe-t-il ? Je ne me souviens pas d'avoir débarqué ni même d'avoir vu l'île apparaître au loin.

En continuant mon inspection confuse des lieux, je finis par découvrir l'endroit où le bateau a accosté. Enfin, je devrais plutôt dire « échoué ». L'embarcation gît un peu plus loin sur un haut-fond, la coque complètement disloquée. Je doute, tout à coup, que nous soyons arrivés là où nous devions débarquer.

Émilie accourt vers moi. Pas plus épaisse qu'une tranche de pain vue de profil, les cheveux en bataille, collés par l'eau de mer. Elle semble totalement désorientée.

— Où se trouvent l'animateur et l'équipe technique qui nous accompagnaient ? Rendu sur place, il devait y avoir un médecin, il est où ? Et les caméras, il ne devait pas y avoir des caméras ?

— Je n'en ai aucune idée, je ne sais pas, dis-je en époussetant le sable. C'est une bonne question, je ne sais pas… On est où, là ?

— Quoi ? Tu crois que… tu crois qu'on n'est pas à la bonne place ?

— Donne-moi deux minutes, tu veux. La nuit passée… Enfin, tu vois, quoi…, dis-je en me mettant les lunettes sur le nez.

— Il doit bien y avoir quelqu'un quelque part, murmure-t-elle alors que Jade, une autre participante, accourt vers nous.

— Où sont les gens de la télé ? lui demande immédiatement Émilie.

— Je n'en sais rien. C'est Jean-Pascal qui m'a réveillée en me portant. Il nous a tous sortis du bateau et a vérifié qu'on était corrects. Il avait l'air plutôt inquiet. D'après ce que j'ai compris, nous nous déshydraterons rapidement par cette chaleur si nous ne trouvons pas de l'eau saine. En attendant que vous retrouviez vos esprits, il s'est enfoncé dans la jungle à la recherche d'une source. Il m'a conseillé de ne pas m'inquiéter, il va revenir bientôt.

— C'est tout ce qu'il t'a dit ? Il n'a pas…

— Et le reste de l'équipe ? questionne Émilie. Où sont les techniciens qui nous accompagnaient ?

— Aucune idée. Je… je m'excuse, j'étais confuse. J'aurais dû le lui demander, mais vu l'état du bateau… Enfin… Je vais voir si les autres vont bien, conclut Jade rapidement avant de s'éclipser.

Tout ça est loin de rassurer Émilie.

— Tu… tu crois que les techniciens…

— Je n'en ai aucune idée. C'est trop tôt pour tirer des conclusions.

Nous avons fait naufrage, c'est évident. Notre petit groupe semble indemne, c'est déjà ça.

Je reste un moment plongé dans mes pensées, absorbé par le décor, étouffé par la chaleur. Je ne sais pas exactement où nous sommes, mais la publicité qui annonçait ce jeu de téléréalité n'a pas menti sur le paysage : sable blanc, palmiers, eau turquoise. L'endroit est tout simplement magnifique. Une seule ombre au tableau : pour l'instant, nous sommes seuls. Complètement seuls. J'ai beau essayer de me souvenir de ce qui s'est passé hier soir, rien. Je me rappelle vaguement m'être couché sachant qu'il nous restait quelques heures de navigation et puis plus rien.

Quelque chose me démange dans le cou. Impossible de voir de quoi il s'agit.

Probablement du sable, ou une irritation cutanée, ou quelque chose du genre.

Une fois debout, je peux mieux distinguer la topographie des lieux. Vu la grosse montagne au centre, nous nous trouvons sur un ancien volcan que la végétation a recouvert depuis des millénaires. C'est le cas de beaucoup d'îles de la Polynésie et des archipels avoisinants. Des îles, dans le Pacifique Sud, il y en a beaucoup. Comment savoir si nous sommes là où nous étions attendus? D'après ce que je peux voir d'ici, l'endroit n'a pas l'air habité.

Les autres participants commencent à se regrouper un peu plus loin sur la plage. Je vais les rejoindre, curieux d'avoir leur avis.

À mon approche, ils ne me jettent même pas un regard, excepté Émilie, à qui j'ai parlé tout à l'heure.

— Je dis que nous sommes à la bonne place, lance François à Émilie, qui semble secouée par le ton qu'il prend pour lui répondre.

— Mais non, on a échoué au beau milieu de nulle part! Enfin, on était supposés être accueillis, on devait nous conduire à un campement. Jean-Pascal est parti chercher de l'eau pour qu'on puisse tenir le coup. D'après

Jade, il a même recommandé d'économiser nos réserves.

— ¡*Dios mío!* Princesse, c'est la survie, ici, pas les vacances à la mer. Tu t'attendais à une connexion Internet et à du jus de goyave au déjeuner? On est à la bonne place!

— Et puis, selon Jade, il a aussi demandé de veiller sur la caméra, rétorque François. Étonnant, non? Ce n'est pas à ça qu'on pense quand on est naufragé, il me semble.

Émilie hausse les épaules et se détourne de la conversation.

Je me permets une intrusion en montrant l'épave de notre embarcation.

— Vous croyez vraiment qu'ils auraient démoli le bateau si nous étions…, dis-je en replongeant dans mes pensées.

— Ça se peut, *man*, c'est de la mise en scène. Ils sont capables de tout, à Crash TV, lance Samuel.

La tenue de ce candidat prête à rire. Il est habillé comme nous, mais j'ai l'impression qu'il a demandé une taille trois fois trop grande pour avoir l'air plus décontracté. Fond de culotte jusqu'aux genoux, t-shirt qui pendouille et casquette avec touffe de cheveux qui dépasse de chaque bord, il me fait penser aux gars de ma classe. Le genre que je ne fréquente pas.

— Et la tempête d'hier, dis-je en poursuivant mon raisonnement, c'étaient des effets spéciaux ? Tu crois vraiment que…

— La tempête ? Quelle tempête ? J'ai dû m'endormir avant, rétorque François.

— N'empêche, on a dû perdre le gouvernail en touchant un récif et dériver tout le reste de la nuit pour finalement arriver ici. On n'est pas là où on devrait être. On n'est pas censés…

— Laissez faire, ajoute François en baissant les bras. Croyez ce que vous voulez, moi, ça fait bien mon affaire. Si vous ne vous prêtez pas au jeu, il y a de bonnes chances que vous soyez les premiers éliminés !

— Vous vous chicanez pour des niaiseries, intervient Jade en rigolant. Qu'on soit sur la bonne île ou pas, faut qu'on ramène de quoi boire et manger, qu'on construise un abri…

— Et qu'on trouve un moyen d'appeler du secours, lance timidement Émilie.

— Ça, c'est si tu as vraiment envie de perdre ton temps ! rétorque François.

J'ai moi aussi ma petite idée.

— On devrait commencer par fouiller l'épave. On peut récupérer du matériel, un peu de nourriture, une radio et probablement, euh…, dis-je, concentré, en me grattant la nuque.

Émilie opine de la tête, toute contente de s'être trouvé un allié. François n'a pas l'air d'accord.

— Faites ce que vous voulez, moi, je m'occupe de l'abri! Tanné d'avoir les pieds dans l'eau, ajoute-t-il en secouant ses *runnings* pleins d'eau et de sable. Qui m'aime me suive!

— *¡Vàmonos!* s'enthousiasme Maria-Elena en faisant un grand signe avec ses bras pour inciter tout le monde à leur emboîter le pas.

— *Let's go!* renchérit Samuel en remontant son bermuda.

Les trois aventuriers prennent les devants et commencent à récupérer tout ce qui peut servir à construire une structure.

— Ne vous éloignez pas trop de la plage, leur crie Émilie.

Elle ne récolte qu'un mouvement d'épaules désintéressé de François.

— Bon, ils sont déjà trois pour l'abri. Je peux venir avec vous sur l'épave ? demande Jade.

Je fais oui de la tête.

— Faut faire le tri de ce que contient le bateau, dis-je en me tournant vers l'embarcation qui gît à deux cents mètres de nous. Et à trois… Oui, ça devrait marcher. On ne sera pas trop de trois pour sortir tout ce qui pourrait être utile.

— Tu crois qu'on peut trouver une radio, n'est-ce pas ? m'interroge Émilie.

— Ça va de soi, oui, il y en a toujours une dans un bateau. C'est… Oui, probablement.

Notre groupe patauge dans l'eau jusqu'aux genoux pour finalement arriver là où notre bateau a échoué. J'estime un mètre d'eau par endroits, deux aux extrémités. Nous avons échoué par marée haute, puis celle-ci s'est retirée… pour l'instant.

Je monte à bord le premier, suivi par les deux filles. Ce n'est pas facile de garder l'équilibre, le bateau est incliné sur son flanc, à soixante degrés environ. Nous faisons un état des lieux.

Une fois dans la cabine, force est de constater que tout le matériel est submergé.

— Je peux essayer de trouver la radio de bord pour… S'il faut lancer un appel, ça nous la prend. Avec l'eau qu'il y a, je ne suis pas sûr que je puisse…

— Tu sais te servir de ce genre d'appareil ?

— Mon père faisait de la radio amateur il y a quelques années. Oui, je devrais pouvoir… Pendant ce temps, Jade et toi, récupérez tout ce que vous pouvez et… Enfin, mettez-le à l'abri sur la plage ou faites comme…

Je suis trop concentré sur ce que je suis venu chercher pour finir ma phrase.

Les filles obtempèrent et descendent dans la cale. Pour ma part, je me dirige vers le poste de pilotage. Pas mécontent d'être un peu seul.

Ici aussi, l'eau a fait beaucoup de dégâts. Même si, depuis le naufrage, elle a eu le temps de s'écouler un peu, tous les instruments suintent d'humidité. Je trouve rapidement la radio, mais rien ne fonctionne. Une partie du tableau de bord est éventrée. C'est un vrai méli-mélo de câbles, là-dedans. Je cherche, dans cette salade, le câble d'alimentation et le câble de masse en espérant remettre le contact sur la radio quand une secousse manque de me faire perdre l'équilibre. Le bateau a bougé. Émilie, qui l'a senti aussi, fait irruption dans le poste de pilotage.

— Dimitri, la marée!

Je fronce les sourcils. C'était prévisible!

— Elle est en train de…

— Elle monte. Les cabines se remplissent à vue d'œil.

— Si la marée soulève le bateau, hum! oui, il risque de partir à la dérive et de couler loin de la côte. On n'a pas beaucoup de temps! Faut… Sortez tout ce que vous pouvez, moi, je cherche la batterie. Elle a dû se déconnecter quand…

— Dimitri, tu n'as pas remarqué que l'embarcation a bougé, ou quoi? On est déjà en train de prendre le large. Je n'ai pas envie de finir avec les requins! On pourrait sortir beaucoup plus de choses si tu venais nous donner un coup de main.

— Le requin est un poisson cartilagineux du même ordre que les raies. Seules cinq espèces peuvent être dangereuses pour l'homme. Il y a peu de chances qu'on tombe justement sur celles-là, alors si tu veux bien…

Je fonce vers la proue du bateau, là où j'ai aperçu une petite trappe sous laquelle devrait se trouver le moteur. Je croise Jade en train de fouiller dans un coffre sur le pont. Émilie me suit à la trace.

— Donne-moi deux minutes, je peux y arriver, dis-je en soulevant la trappe.

Si je parviens à contacter des secours, on n'aura pas besoin d'autant de vivres. On sera… Enfin, bref.

Émilie et Jade retournent dans les cabines. Ouf! Ce n'est pas qu'elle est collante, mais bon…

La vue que j'ai du moteur n'est pas excellente, une partie est submergée. Je repère assez vite l'endroit où devrait se trouver la batterie, mais c'est bien là tout le problème: il n'y a plus de batterie. Je doute très fort que le choc l'ait fait tomber, mais on ne sait jamais. Si c'est le cas, elle est sous l'eau et est inutilisable. Il doit y en avoir une de rechange sur le bateau.

En quelques enjambées, je rejoins les cabines. Émilie et Jade sont sur le pont, elles déchargent leurs trouvailles.

— Dimitri, on a besoin d'aide, on n'y arrivera pas sans toi…

— Juste une minute…

Je fouille tout le poste de pilotage et les cabines avoisinantes. Rien. Il doit y avoir une sorte d'atelier où sont entreposées les pièces de rechange. Je repars de plus belle en direction de la cale et de la salle des machines. Émilie me colle aux fesses.

— La mer monte, le bateau est en train de se déloger de son lit. Faut sortir, insiste Émilie, qui fait irruption derrière moi.

— Ça va, je vous rejoins…

Émilie regarde par le hublot, la mer se trouve bien au-dessus de la ligne de flottaison.

— Viens avec moi! Faut sortir… dit-elle en m'attrapant le bras.

— Je dois trouver la batterie de secours! C'est notre seule chance de lancer un S.O.S. Je peux y arriver, il suffit de…

— Laisse faire. C'est trop dangereux.

Émilie finit par abandonner sa cause et court rejoindre Jade. Je ne m'arrête pas pour autant. Je m'enfonce dans la cale, j'ai de l'eau jusqu'aux cuisses. Le cou me chatouille encore. Décidément, une fois sur la plage, il va falloir que j'arrange ça. J'aperçois une porte sur ma gauche. Pourvu que ce soit l'atelier. Notre sort à tous en dépend.

J'ouvre. Bingo! Je jette un coup d'œil rapide. Rien qui ressemble à une batterie. Il y a énormément de débris qui flottent. Difficile d'y voir clair. La pièce renferme une multitude d'outils, de boîtes remplies de pièces de rechange, de contenants d'huile et de liquides divers.

Ça y est! Sur une tablette en hauteur, il y a le carton d'emballage d'une batterie.

Nouveau choc, plus violent celui-ci. Je perds l'équilibre et me retrouve dans l'eau jusqu'au cou. Le temps de me remettre debout, je remarque que le bateau tangue. L'embarcation a quitté son lit.

J'entends Émilie et Jade qui appellent dehors. Lorsque j'arrive sur le pont, je suis déjà loin du lieu d'échouage. Alors que je me cramponne à une rambarde, je constate quelque chose d'étrange. Pas le temps d'approfondir. J'en parlerai aux autres tout à l'heure. Je saute dans l'eau pour rejoindre les filles.

La mer m'arrive déjà à la poitrine. Ouf! Il était moins une.

En quelques minutes, tout notre groupe se retrouve sur la plage, les bras chargés. Jade s'occupe de faire un tri approximatif de notre butin.

— Tu l'as échappé belle, fait remarquer Émilie en voyant l'épave vaciller de plus en plus. T'es parvenu à quelque chose, au moins?

Je baragouine tout en étant plongé dans mes pensées.

— Pas eu le temps. Désolé…

— Elle ne marchait pas, cette radio, de toute manière, fait une voix derrière nous.

François vient inspecter nos trouvailles.

— Qu'est-ce que tu…

— Pourquoi les producteurs de l'émission laisseraient-ils une radio fonctionner sur une épave qu'ils ont pris soin d'éventrer pour faire croire aux participants qu'ils sont maintenant isolés du reste du monde?

Émilie semble exaspérée par le point de vue de François.

— Si nous étions dans un jeu, on aurait des épreuves, un arbitre, un comptage de points. Là, l'animateur, il est parti… il est parti chercher de l'eau, c'est bien la preuve que ça ne se passe pas comme prévu !

— Tu persistes vraiment à croire qu'on est là pour un…, dis-je à François.

— Pour moi, tenter de construire un campement et récupérer des vivres sur une épave qui s'enfonce dans l'eau, ce sont justement des épreuves qui vont faire que ce jeu va être regardé par tout le monde. En plus, on nous laisse une caméra. Comme c'est étonnant ! C'est forcément pour qu'on fasse un confessionnal, c'est évident !

— Un quoi ? demandé-je, intrigué.

— Franchement, vous ne regardez jamais de téléréalité ou quoi ? lance François. Un confessionnal : un endroit où chaque participant se retrouve tôt ou tard, seul, devant la caméra, pour dire le fond de sa pensée. En gros, tu t'adresses directement aux téléspectateurs en leur parlant face à face.

Visiblement, Émilie n'y croit pas du tout. Elle tente de dire quelque chose, mais rien ne vient. Elle semble à court d'arguments.

François se tourne vers moi.

— Si tu avais donné un coup de main aux filles, vous auriez certainement pu sortir bien plus de choses que ça ! La radio, ce n'était peut-être pas la meilleure décision à prendre. Dommage pour toi.

— Dommage pour… ?

— À la fin de la journée, l'un de nous sera éliminé, n'oubliez pas ça ! Et si j'étais toi, je profiterais du confessionnal pour expliquer aux membres du jury pourquoi j'ai agi de la sorte et essayer de me racheter, conclut François en récupérant une bâche sauvée du naufrage. On va avoir besoin de ça pour la toiture…

Je ne me démonte pas si facilement. Il est temps de sortir mon joker.

— Alors, d'après toi, l'équipe technique qui était avec nous sur le bateau, elle est en place, quelque part cachée dans cette jungle ?

— Bon, tu commences à comprendre !

— Dans ce cas, comment tu expliques que le canot de sauvetage a disparu ?

François vient coller son visage sur le mien et me dit d'un ton hautain :

— De la mise en scène, mon gars. C'est de la mise en scène.

Il s'éloigne avec son morceau de plastique, bien content de son effet.

Voyant mon air dépité, Émilie essaye de me réconforter.

— Je suis désolée pour la radio. Tu as manqué de temps, c'est tout. N'écoute pas les niaiseries de François, il vit dans son monde.

— Pas sûr…

— Quoi ! Comment ça ?

— La batterie n'était pas à sa place sur le bateau. Quelqu'un veut probablement nous… Enfin, c'est comme si on voulait nous empêcher de communiquer avec l'extérieur, dis-je en retirant mes chaussures pleines d'eau. Et c'est plutôt…

— Tu veux dire que quelqu'un l'a balancée à la mer ?

— Je ne sais pas. C'est… disons… Oui, c'est une possibilité.

— Tu vas te mettre du côté de François, toi aussi? Tu crois qu'on est sur la bonne île? Que tout ça était prévu?

— Pas vraiment. C'est juste que je trouve ça… Pourquoi Jean-Pascal aurait pris soin de balancer la batterie alors qu'il y a une radio à bord du bateau? Il savait qu'on pourrait s'en servir pour appeler…

Jade, qui est à côté de nous, prend un air dépité.

— Peut-être qu'on fait fausse route, peut-être que François a raison. Tout ça est organisé. On est là pour survivre pendant une semaine, pas pour appeler du secours.

Je hausse les épaules.

— Tu as vu des caméras?

Jade fait un grand sourire.

— Je plaisantais! Peut-être qu'on n'est pas si isolés que ça, lance-t-elle en nous montrant discrètement un petit boîtier.

Je fais les yeux ronds.

— Un émetteur-récepteur portatif! D'où tu…

— Je l'ai trouvé dans le fond de la cale, près du matelas de Jean-Pascal. Il a dû glisser pendant le naufrage. Il était coincé au-dessous de la bâche que François a récupérée.

— Pourquoi tu ne l'as pas dit plus tôt? demande Émilie.

— Je voulais attendre d'être sur la plage. S'il y a des caméras cachées près de nous, au moins, ici, on voit que c'est moi qui l'ai trouvé. J'ai été utile à l'équipe, je ne mets pas ma place en jeu!

— Ce n'est pas vrai, pas toi aussi! lance Émilie, déconfite.

— Non, non, réplique Jade en souriant, mais… Enfin, on ne sait jamais.

Je prends l'émetteur-récepteur.

— Vaudrait mieux ne pas le montrer à François, chuchote Jade. Il risque de vouloir s'en servir pour se mettre en valeur. Je préfère que ce soit toi qui l'utilises, tu as l'air de savoir quoi faire avec ce genre d'engins.

J'observe attentivement l'appareil sans relever la remarque de Jade.

— Appareil VHF portatif, six watts, probablement une dizaine d'heures d'autonomie, mais malheureusement, pas un modèle très étanche. On ne peut pas l'utiliser pour le moment, il… Enfin, ça se voit, il est détrempé. Si on l'allume, l'eau qu'il contient va créer un court-circuit et… Je vais le laisser sécher quelque temps dans un endroit…

Je dissimule précieusement l'appareil dans une de mes chaussures laissées sur la plage en attendant de trouver un lieu adéquat.

Nous regardons une dernière fois notre navire s'enfoncer progressivement dans l'eau.

— En tout cas, ce n'est pas avec lui qu'on quittera cette île, précise Jade.

J'ironise :

— En supposant qu'on puisse…

Les deux filles ne semblent pas trop apprécier mon humour.

— On devrait aller voir comment se débrouille notre équipe de joueurs. Ils doivent travailler comme des forcenés pour préserver leur place dans le jeu, lance Jade en s'éloignant.

Je lui emboîte le pas immédiatement, suivi de près par Émilie, pas trop rassurée à l'idée de rester seule.

Sous les palmiers qui bordent la plage, l'autre équipe a monté un abri des plus respectables. Ils ont bricolé un plancher en alignant des tiges de bambou recouvertes de feuilles de palmier et en surmontant le tout d'une toiture bâtie à l'aide de bois mort et de la bâche que François a prise. Je dois avouer que, dans l'ensemble, c'est plutôt réussi.

— Si ça ne tenait qu'à moi, on en aurait fait une plus petite, précise François.

— Plus petite ? lance Émilie. On n'aurait pas pu tenir à six dedans !

— À moins d'avoir tous ta carrure, non ! ironise François en observant la silhouette filiforme d'Émilie.

La concurrente recule de quelques pas, vexée par la remarque.

— Mais comme c'est vous qui avez les ressources du bateau, Samuel a conseillé qu'on la construise pour vous aussi. Ainsi, vous profitez du toit et on profite de votre butin !

— Tout est... C'est stratégique avec vous ! dis-je en enlevant mon t-shirt détrempé.

— Wow, *man*, s'exclame Samuel. Tu nous fais un *strip* ?

— À ta place, j'aurais choisi une autre technique pour draguer les filles, lance

François en tentant d'attacher la bâche avec un cordage.

Samuel pouffe de rire.

Je suis pâle comme un mort et je n'ai pas une carrure d'athlète. J'ai toujours préféré bricoler plutôt que de jouer au soccer. Et alors ?

Au même moment, j'entends un bruit d'éboulement à côté de moi. Le toit que François essayait de tendre vient de s'effondrer. J'attrape le cordage et la bâche et fixe le tout solidement avec un nœud de mon cru avant qu'il ait pu réagir. François ne dit plus rien.

Je profite du plein soleil pour tordre mon vêtement et l'étendre sur une branche d'arbre à proximité de notre campement.

— Qu'est-ce que ça a donné de votre côté ? demande Maria-Elena en attachant son épaisse chevelure avec un bout de liane. Vous avez récupéré de la nourriture ?

Jade dépose la boîte de vivres qu'Émilie et elle ont pu sortir du bateau. L'autre équipe jette un œil inquiet à l'intérieur.

— C'est tout ? Deux bouteilles d'eau, deux pains, de la confiture, trois petits sacs de bretzels et quelques boîtes de biscuits !

— Un total de 7430 calories ! lance précisément Émilie. En étant économes, on peut tenir quelque temps.

— Tu rigoles ? Tout le monde n'a pas ton régime, glousse François.

— Oh ! J'oubliais, Jean-Pascal a laissé ça avant de partir, ajoute Jade en montrant un petit bol d'agrumes.

Elle ne le tend qu'à Émilie et moi. Les autres ne s'intéressent qu'au contenu de la boîte.

— Ce sont des kumquats. Il semble y en avoir pas mal, dans le coin.

Émilie se met presque aussitôt à éternuer.

— Tchi ! Atchi ! Fallait vraiment que ce soit des… tchi… des agrumes !

— Pourquoi ? demandé-je en croquant un fruit. Tu n'aimes pas ça ?

— Je suis allergique, lance-t-elle en éternuant encore. Juste à les sentir, je ne suis pas capable…

Alors que je me délecte du fruit, mon regard se porte sur mon t-shirt qui flotte au vent, transpercé par la lumière du soleil. Je remarque une petite masse obscure mal cousue à l'intérieur de l'encolure. Je crois bien avoir trouvé ce qui me démangeait tout à l'heure.

J'attrape mon t-shirt et en déchire le col.

— Qu'est-ce qui te prend? Besoin d'une dose de Ritalin? ironise François.

Je sors du col un composant électronique pas plus gros qu'une pilule.

— Voilà pourquoi les producteurs voulaient tellement qu'on mette leurs habits plutôt que de…

— Qu'est-ce que c'est? questionne Émilie.

— Sans doute une balise ou un capteur…

— Tu peux être plus précis, Einstein? demande François.

— Si on était arrivés sur la bonne île, des caméras et des micros auraient été installés à plusieurs endroits. Au lieu d'allumer toutes les caméras en permanence, eh bien! celles-ci se seraient activées juste quand elles auraient capté notre présence à proximité. Ça évite d'avoir à surveiller une multitude d'écrans en…

Samuel, inquiet, s'approche de moi et s'empare précautionneusement du détecteur.

— Tu es sûr de ce que tu dis?

— Pas exactement, mais c'est…

J'observe la petite capsule dans la main de Samuel.

— Oui, c'est ce qui me semble le plus logique.

— Donc, sur l'île, ça a un peu l'effet d'un GPS, ça permet de localiser les participants? demande le candidat, très curieux.

— Oui, si on veut… Enfin, si on est sur la bonne île. Ici…

— Les secours pourraient nous retrouver, avec ce truc? se risque Émilie.

Je fais une moue négative.

— Ce n'est pas un vrai GPS qui utilise des signaux satellites… Non, je ne pense pas. C'est vraiment trop petit, l'émetteur ne doit pas être assez puissant. J'imagine que… Bref, ce truc doit envoyer un signal aux caméras et aux micros qui se trouveraient à une centaine de mètres de nous. Pas beaucoup plus, c'est trop…

— Tu permets que je le garde? demande Samuel avec un regard envieux.

— Si tu veux. De toute manière, toi et tous les autres en avez un dans votre...

Samuel empoche la petite capsule.

Jade approche l'autre boîte de matériel que nous avons sauvé.

— On a aussi des couvertures, trois sacs à dos vides et de la lotion solaire, ajoute-t-elle en souriant.

— Tout ce qu'on a pu sortir du bateau devrait suffire en attendant que les secours arrivent, dit Émilie.

— Les secours? rigole François. Avec ce que vous avez récupéré là, ils ont intérêt à se pointer demain matin, les secours! Mais entre nous, je ne me ferais pas trop d'illusions.

Confessionnal de Dimitri

Je me demande ce que je fais ici. Devant cette caméra, je veux dire. Enfin, ce sont les autres qui ont insisté. François et… Je n'ai pas la même opinion qu'eux, mais ce n'est pas une raison pour me les mettre à dos. Mon père veut que… Faut que j'arrête de faire bande à part. Alors, papa, si comme certains le croient, tout ceci n'est qu'un jeu… Si tu me regardes, j'espère que tu es fier de moi. Oui, enfin, je reconnais qu'avec les filles dans l'épave, tout à l'heure, je l'ai joué un peu solo, mais…

Tu parles d'une niaiserie! On n'est pas dans… Non, ce n'est pas un jeu pantoute!

L'équipe technique a probablement pris le canot de sauvetage pour aller chercher du secours. Je ne sais pas… Jean-Pascal a sans doute voulu sauver le bateau. Il a pensé que tenter un accostage serait moins dangereux pour nous que d'être perdus en pleine mer. Comment savoir ?

Je suis en train de faire un enregistrement que personne ne regardera jamais, à part... Oui, peut-être à part François et ses amis, qui auront de quoi se remonter le moral en voyant qu'ils se sont... Ils se trompent, c'est sûr.

Tout ce que nous vivons, ça n'a rien d'un jeu. Nous sommes complètement égarés au beau milieu de l'océan Pacifique.

En attendant, cher François, si tu visionnes cette... Car, oui, tu vas sûrement visionner l'enregistrement, à un moment ou à un autre, n'oublie pas trop vite que je suis peut-être le seul à pouvoir nous sortir d'ici. Nous avons récupéré une radio. J'ai pris soin de bien la... Enfin, c'est normal, fallait que je la cache. Sans moi, tu n'as aucune chance...

J'ai des doutes sur Jade. Cette fille, elle ne nous dit pas tout. Elle a précisé, tout à l'heure, qu'elle avait trouvé la radio sous une bâche. Elle a menti. Je l'ai vue sur le pont du bateau, au moment où je cherchais la batterie. Elle a sorti d'un coffre un boîtier de la couleur de l'émetteur-récepteur. C'était près de la cabine de pilotage. Sur le coup… Je m'en souviens, je n'ai pas distingué clairement de quoi il s'agissait et je n'y ai pas prêté attention, mais… Lorsque nous sommes montés sur le pont, ce coffre était fermé à clé, j'en suis sûr. Jade savait donc précisément où se cachait cette clé, puisque… Enfin, elle l'avait en main. Je me méfie peut-être pour rien. Peut-être a-t-elle vu Jean-Pascal y aller pendant que… Je n'en sais rien. Pourquoi alors nous avoir dit qu'elle l'avait trouvé en cabine ?

Je m'entends bien avec Émilie. Elle est un peu, disons, collante mais… Et puis, elle pense comme moi. Nous ne sommes pas arrivés à la bonne place. Pour le peu que je m'y connais en télévision, puisque je n'ai pas de… Il me semble qu'il faudrait un sacré dispositif pour parvenir à nous filmer partout sur cette… Non, c'est peu probable, à moins de cerner de façon très précise les périmètres dans lesquels nous évoluons. Ce n'est pas le cas ici. Ça ne ressemble pas à ce qu'on nous avait promis. Le contrat que nous avons signé… Rien ne stipulait que nous serions abandonnés.

Demain, la radio devrait être sèche. On pourra s'en servir. Je vais m'arranger avec Émilie pour… On doit pouvoir le faire discrètement. Faudrait se rendre dans un endroit plus élevé. Probablement… Le volcan, oui, le volcan qui se trouve au centre. Je ne sais pas si elle va avoir envie de s'aventurer jusque-là. On verra bien.

J'ai dit à Émilie où j'ai caché la radio. Je lui ai menti. Désolé, Émilie, ça n'a rien de personnel, c'est purement… Faut être stratégique. Certains prennent notre présence ici comme un jeu, c'est un facteur qu'on ne peut pas négliger. Faut se méfier de… Si Émilie parle à Jade, si Jade, après avoir parlé à François, décide de former une alliance avec lui…

François est assez débile. Enfin, ce n'est peut-être pas le bon mot, mais… il peut s'emparer de la radio et nous empêcher d'appeler du secours parce qu'il ne veut pas… Il voit ça comme un jeu. Il ne veut pas que nous mettions fin à sa « partie ».

Je sais, Émilie, que tu souhaitais avoir cette information par sécurité. Au cas où il m'arriverait… Pour le moment, nous sommes nos propres ennemis. C'est précisément par sécurité que je ne t'ai pas dit où… De toute manière, je ne vois pas ce qui pourrait m'arriver ici, sur une île déserte.

ÉPISODE 2

Maria-Elena

On me réveille en sursaut ce matin. *¡Hombre!* Je n'aime pas ça! J'ai eu du mal à fermer l'œil. Des bestioles m'ont tourné autour toute la nuit.

La fille qui panique tout le temps, là, Émilie, elle me crie dans les oreilles. Je me cache la tête entre les bras. Qu'elle me laisse dormir! Rien à faire, elle me secoue.

— *¡Hombre!*, qu'est-ce que tu as? dis-je en me levant d'un bond. Tu ne peux pas me laisser tranquille?

— Tu n'as pas vu Dimitri? Je ne le trouve nulle part.

— Tu ne le trouveras pas, ironise François, qui est déjà debout. Il a été éliminé.

Tout ce qu'il reste à sa place, ce sont deux cailloux. Un souvenir, je suppose.

Jade vient nous rejoindre, inquiétée par notre discussion.

— Ce sont des silex, dit-elle en observant les pierres. Il doit vouloir les utiliser pour faire du feu. Il est probablement allé chercher du bois.

— Libre à vous d'en faire toute une histoire. Pour ma part, je sais à quoi m'en tenir. Nos épreuves d'aujourd'hui sont de faire du feu et de dénicher de la nourriture. Samuel et moi, on s'occupe de ce dernier point.

— Trouver à manger où ? Dans la jungle ? Ça ne vous inquiète pas que deux personnes aient pénétré dans cette jungle et ne soient jamais revenues ? fulmine la maigrelette.

Pas question pour moi de tapoter des cailloux en écoutant les jérémiades d'Émilie.

— Je viens avec vous.

— Correct. Jade, Émilie, vous pouvez espérer le retour de Dimitri, mais si j'étais vous, je m'occuperais de l'épreuve du feu, conclut-il en confiant les silex à la brindille.

Émilie attrape les pierres. Elle n'a pas l'air de vouloir obéir à François.

— Non, on ne peut pas… Enfin, on n'a pas le droit de rester les bras croisés si Dimitri est perdu dans la jungle. Faut aller le chercher.

¡Hombre!, cette fille me tape sur le système. Qu'elle s'en occupe, de son ami! Pas besoin de nous casser les oreilles. Je l'attrape énergiquement par le poignet.

— Hé! Si tu es si inquiète, va le chercher dans la jungle.

Elle ne dit plus rien. Elle est totalement désemparée.

— Dans… dans la jungle? On aura à peine fait deux pas qu'on sera perdus… Ça grouille d'insectes, là-dedans. Non, je ne peux pas…

François pouffe de rire. Cette sainte-nitouche n'a rien à faire ici. Je me rapproche d'elle et lui dit sur un ton de confidence:

— Dis-moi, *guapa*, tu n'es pas censée participer à un jeu de téléréalité sur une île, toi?

— Je suis supposée participer à un jeu OR-GA-NI-SÉ dans un décor paradisiaque, pas à un… à un naufrage et… et à une escapade en pleine jungle! Lâche-moi!

Je libère ma prise. François en profite pour placer une remarque :

— Pas difficile de deviner qui disparaîtra demain matin…

J'ai une idée.

— François, Samuel et moi, on va faire une récolte de fruits dans la jungle, ce matin…

— Vous êtes fous, vous n'avez aucun point de repère pour vous diriger, là-dedans !

— S'orienter dans le parc des Laurentides ou ici, ce n'est pas très différent, lance François. J'en ai vu d'autres ! Ne t'inquiète pas pour nous… à moins que ce soit pour toi que tu t'inquiètes. Tu as peur de rester ici toute seule ?

Émilie prend un air détaché. François a vu juste. Je donne un petit coup de poing sur l'épaule de la brindille. Juste pour capter son attention.

— Si tu veux, *guapa*, on peut jeter un coup d'œil. Peut-être qu'on retrouvera sa trace.

François me regarde, suspicieux.

— Tu ferais ça ? m'interroge Émilie.

— Bien sûr, mais à une condition.

— Laquelle ?

— En échange, tu me donnes les pierres à feu de Dimitri.

— Pourquoi ?

— Parce qu'elle veut nous empêcher de faire du feu pendant que les deux garçons et elle seront partis et ainsi mettre nos places en jeu, explique Jade.

— Et alors ? Vous n'avez rien à perdre, dis-je aux deux filles. De toute façon, vous ne croyez pas à ce jeu.

— Si vous vous égarez ou si on voit un bateau et que nous n'avons pas de feu, on a beaucoup à perdre, grogne Émilie.

— Je n'ai pas l'intention de m'égarer, certifie François. Je suis ici pour gagner, c'est important pour moi et ma famille. On a besoin du prix. Nous serons de retour dans quelques heures et nous ferons du feu à ce moment-là.

Émilie finit par me tendre les deux cailloux.

Je suis contente de mon coup. François apprécie.

— Je ne pensais pas que la vie de l'un d'entre nous avait si peu de valeur...

— Personne ne t'oblige à payer, dis-je, satisfaite.

* * *

Notre groupe est prêt pour l'expédition. J'ai mis quelques fruits rouges dans mon sac au cas où nous ne trouverions rien à manger avant midi.

Nos premiers pas dans la jungle sont difficiles. *¡Hombre!* Trop de branches, végétation dense. Faut casser, escalader, se faufiler.

Il fait très chaud, beaucoup plus que sur la plage. J'ai l'impression d'être au Venezuela, mon pays natal. Nous sommes tous les trois en sueur, t-shirts collés sur le dos. Pendant trente minutes, nous avançons lentement. Rien d'intéressant. Rien à part du vert.

Je profite de la tranquillité pour poser une question à François :

— On ne s'est pas déjà vus quelque part ?

François s'arrête net. Il me dévisage, l'air embêté.

— Non, certainement pas. Je m'en souviendrais. J'ai une bonne mémoire, tu sauras.

— Tu as passé une semaine à l'école Sainte-Claire de la Petite-Patrie à Montréal, l'année dernière.

— Non, désolé! répond-il sèchement. Je ne vois pas ce que j'aurais été faire là.

Je l'attrape par la manche de son t-shirt. Il se tourne face à moi.

— Je suis sûre que…

— Ça va, lâche-moi, j'ai dit non. Tu me confonds avec quelqu'un d'autre, c'est clair?

— *De acuerdo.*

Je laisse François tranquille. Il n'a pas envie de discuter de ça. Pourtant, je suis certaine de l'avoir déjà vu.

Plein de bruits nous entourent: bourdonnements d'insectes, cris d'animaux, chants d'oiseaux, bruissements de feuillage. Chaleur toujours aussi intense. Elle ne me dérange pas, j'y suis habituée. C'est pour ça que je voulais participer. L'impression de me retrouver à l'endroit où je suis née. Il y avait la même chaleur, les mêmes couleurs. Mes parents ont quitté le sud du Venezuela. J'avais huit ans quand on a émigré au Québec. Je me demande encore ce qu'ils sont venus faire dans ce pays. Trop froid. Je hais l'hiver, la neige, la glace.

Petites, mes amies et moi, on jouait dans la forêt voisine de chez moi. On ne s'est jamais perdues. On est nées là. On a un sixième sens pour trouver des repères. Quand j'ai vu la publicité de Crash TV pour ce nouveau jeu, j'ai su que je devais participer. N'importe quoi pour fuir cette neige. Même quelques jours. Je devais venir ici. Quitter le froid pour jouer à la rescapée sur une île, ¡hombre!, ou même pour jouer au Monopoly, s'il le faut.

François nous fait signe de nous arrêter. Quelque chose au sol. Je m'approche.

— Qu'est-ce que tu as vu?

Il me montre des traces de pas.

— Celles de Dimitri, tu penses?

— Je vois pas qui d'autre serait venu jusqu'ici, rétorque Samuel. Et c'est pas les empreintes d'un gars de l'émission.

— Je suis sûr que si on suit ces traces, on arrive soit au campement de l'équipe technique, soit au moyen de transport qui a servi à l'évacuer de l'île, précise François.

— Dans le genre du canot de sauvetage?

— Ha ha! Oui, exactement. Il doit être caché quelque part sur l'île, celui-là. Je suis convaincu que notre anorexique doit s'imaginer que le reste de l'équipage est en train de dériver en pleine mer !

— Cibole ! Je sais pas si c'est pareil pour vous, mais moi, elle m'énarve, celle-là ! lance Samuel. Veux-tu bien me dire ce qu'elle fait ici ?

Je regarde autour de moi. Un passage est dégagé devant nous. Les traces convergent dans cette direction.

— Par là, dis-je en indiquant le chemin.

François opine de la tête.

— Allons-y.

Nous poursuivons sur une centaine de mètres. J'en profite pour me désaltérer avec un kumquat. J'en propose aux autres, mais ils n'ont pas la tête à ça.

Un vrombissement particulier nous arrête.

— C'est peut-être bien un hélicoptère, le moyen de transport, *man* !

Tout le monde tend l'oreille.

— Pas sûr, hésite François, c'est trop saccadé, trop aigu.

— Ça ressemble à un gros bourdonnement d'insecte, dis-je.

— Combien tu gages que c'est une génératrice électrique pour le campement du *staff* de Crash TV ?

— Possible…

J'interromps ma phrase. J'aperçois un vêtement déchiqueté et les lunettes de Dimitri.

— Tabarnouche! Le petit Dimitri s'est transformé en Hulk, lance Samuel.

François nous fait signe de reculer. Il nous montre une marque sur le sol.

— Regardez ça! On dirait qu'on l'a traîné!

Vrai. Les traces de pas disparaissent pour laisser place à une longue traînée qui s'enfonce dans les broussailles. J'interroge François :

— Tu en penses quoi?

— Il a peut-être eu un malaise à cause de la chaleur et les gens de l'équipe l'ont tiré un peu plus loin…

Pas convaincue. Ils n'auraient pas laissé ses lunettes.

J'observe tout autour de moi pour chercher d'autres traces. Rien.

Samuel explore les lieux. Il se met subitement à nous appeler.

— Venez ici, venez-vous-en… Il y a un truc, genre, *destroy*…

On le rejoint. Devant nous, une espèce d'œuf blanchâtre, légèrement visqueux, enrobé d'une sorte de fil d'araignée. Il est cassé sur un côté. Vide à l'intérieur. Sa taille est impressionnante : un mètre vingt de long sur au moins soixante-dix centimètres de large.

— Qu'est-ce que c'est que ça ?

— On dirait un œuf, genre un œuf de dinosaure, lance Samuel.

— Pas sûr… précise François en appuyant dessus. Moi, ça me fait penser à un cocon de papillon.

— De cette taille ? C'est énorme ! Ce n'est pas un papillon. J'en ai vu des gros, dans mon pays. De cette dimension-là, c'est hors concours.

— Peut-être un œuf de ptérodactyle, *man*…

— Tu crois que c'est le truc qui était là-dedans qui a emmené Dimitri ? dis-je à François.

— Ça n'a peut-être aucun rapport. Cette chose est sans doute là depuis des années.

— N'empêche qu'à côté il y a le t-shirt déchiqueté du visage pâle et des traces de quelqu'un ou quelque chose qu'on a traîné, lance Samuel. Et si c'est un bébé qui a enlevé notre *chum*, j'ose pas imaginer à quoi ressemblent le papa et la maman.

— Pfff, soupire François en secouant la tête. Vous exagérez, ça n'a rien à voir. On ferait mieux de s'occuper des fruits, c'est l'épreuve d'aujourd'hui et, à part les kumquats laissés par J.-P., on n'a rien pantoute. Pas envie qu'on se fasse éliminer avant les autres.

Nous repartons. Nous poursuivons un instant vers l'endroit d'où venait le son que nous avons entendu tout à l'heure, puis bifurquons.

— Pourquoi on continue pas dans la direction du moteur? demande Samuel.

— Parce que je n'ai pas envie de tomber face à face avec les gens de l'équipe technique. Ils n'aimeraient certainement pas que les participants mettent le nez dans les coulisses de la production en pleine émission. Et comme on ne veut pas se faire virer…

Je m'interroge sur un point.

— Tu as l'intention de parler de notre découverte aux autres ?

François reste songeur.

— Je crois que plus les filles paniqueront, moins elles seront concentrées sur les tâches qu'elles doivent faire. Ouais, j'ai bien l'intention de leur en parler et de n'omettre aucun détail.

— Hé ! La *gang*, *checkez* ça ! lance Samuel en nous montrant un arbre chargé de petites pommes rouge grenat.

Je les reconnais immédiatement.

— Fruits de la passion ! Il en poussait dans mon village.

Notre petit groupe remplit un sac complet de ces fruits.

Un peu plus loin, nous tombons sur d'autres kumquats. Il y a aussi deux cocotiers. Je les montre à François.

— Va falloir monter pour récolter quelques noix. Ça fera une source d'eau provisoire !

François observe l'arbre. Il est tout pâle. Puis, il regarde par terre.

— On n'a qu'à ramasser celles qui sont au sol.

— Si tu veux de l'eau de coco, faut prendre les noix immatures. Et ça, ce sont celles qui se trouvent dans les arbres. On peut manger la pulpe de celles qui traînent par terre, mais il n'y a presque plus d'eau dedans.

Samuel s'approche de nous, tout enthousiaste.

— J'ai toujours rêvé de faire ça ! s'exclame-t-il en regardant le cocotier.

En quelques secondes, il est dans le plus petit des cocotiers et fait tomber quelques noix. Pendant que nous les récoltons, le bruit de moteur, presque disparu, se fait de nouveau entendre. Plus près de nous. Samuel redescend de l'arbre. Nous nous regardons, inquiets.

— Si c'est une génératrice, ils lui font faire une balade, dis-je, sceptique.

Le son s'amplifie encore. Craquements dans les broussailles derrière nous. Quelque chose se rapproche. On ne bouge pas. Qu'est-ce qui peut bien faire un son pareil ?

François remet son sac sur son dos sans faire de bruit. Nous faisons de même.

Le bourdonnement est de plus en plus fort. C'est tout proche, dans le coin le plus sombre de la forêt.

Soudain, les branchages devant nous s'agitent. On devrait déguerpir mais on reste figés.

Je croise le regard de Samuel. Il attrape une branche et la tend devant lui. Je lui fais non de la tête. Il s'en moque. Une goutte de sueur me coule dans le dos. On ne voit rien. Il avance un peu plus. Le bruit s'arrête. Samuel écarte délicatement les arbustes. Un rayon de lumière traverse le feuillage.

Le son reprend. Plus fort. Samuel ne bouge plus.

Une fraction de seconde plus tard, on voit dépasser des buissons deux ailes blanches de grande envergure. Celles-ci s'agitent frénétiquement. Nous sommes tous les trois pris de panique.

— Courez ! hurle François.

On s'engage dans une course de fous. Faut distancer ce truc. ¡Dios mío!, on dirait un insecte géant. Ce qui se cachait là, derrière, est vraiment très gros.

Difficile de courir avec un sac rempli de fruits. À chaque pas, je suis déportée à droite et à gauche à cause du poids. Quelques fruits tombent. J'en écrase quelques autres perdus par Samuel et François qui me devancent.

Le vrombissement s'éloigne. Nous approchons d'une clairière lumineuse. Nous ralentissons. Tout le monde est essoufflé. Samuel est plié en deux, à court d'haleine. François se décharge de son fardeau et reprend sa respiration.

— *Hé! Man*, c'était pas précisé dans le contrat qu'il y aurait des bibittes de même pour nous courir après!

— *¡Hombre!* Qu'est-ce que c'était que ça? dis-je, étourdie.

— Pas la moindre idée, mais ce monstre ne semblait pas apprécier la lumière vive du soleil!

Nous nous asseyons quelques instants. La poche de mon pantalon s'est ouverte. J'ai l'impression d'avoir perdu quelque chose…

— Les gens de la production veulent nous mettre des bâtons dans les roues, lance subitement François. C'est un coup monté!

— Tu penses que c'est une *joke*? lui demande Samuel, sceptique.

— C'est évident, sinon ce serait beaucoup trop facile! Ils ont voulu nous faire peur pour qu'on rate le *challenge*.

— Eh bien! Ils ont pas mal réussi, dis-je en doutant un peu de la théorie de François.

— Comment ça? me lance François.

Je continue à fouiller mes poches. Rien à faire, je ne les trouve pas.

— Tu cherches quoi? demande Samuel.

— Les pierres à feu… Elles étaient dans ma poche.

* * *

Elles peuvent être tombées n'importe où. Impossible de retrouver leur trace. Impossible aussi de convaincre les deux garçons de retourner jusqu'aux arbres fruitiers. C'est sans doute là qu'elles ont glissé de ma poche. Si la production de cette émission a voulu nous faire peur, elle a réussi.

Silence complet pendant le retour au campement. Les deux autres m'en veulent pour ce qui est arrivé. Je risque d'être éliminée. C'est sûr que la perte des deux pierres à feu est un point noir pour notre équipe. Malgré tout, on a relevé le défi. François m'a conseillé de passer du temps au confessionnal. Pour me racheter aux yeux du jury. On verra bien…

J'ai été maladroite. L'idée de départ était pourtant bonne. Privées de la possibilité de faire un feu, les deux autres filles ont été prises au dépourvu. Elles n'ont probablement rien fait de leur matinée. Le jury en tiendra compte. Ça sauvera ma position dans le jeu. Ma maladresse contre le laxisme d'Émilie et Jade… Ça peut marcher.

Une fois sur la plage, je m'aperçois que j'ai fait une erreur de calcul. Je cours de plus en plus de risques d'être éliminée en fin de journée. Je n'arrive pas à comprendre par quelle méthode elles y sont parvenues, mais Émilie et Jade ont réussi à allumer un grand feu en plein milieu de la plage. Mon moral est bas.

Émilie accourt vers François.

— Vous avez trouvé des traces de Dimitri ?

— Des traces de pas qui s'enfonçaient dans la jungle. Il était visiblement accompagné. Il a été éliminé, c'est tout.

L'expression d'Émilie change instantanément. Elle passe de l'espoir au scepticisme.

— Comment ça, accompagné? Non, ce
n'est pas possible...

Comme je m'apprête à décrire notre
course-poursuite avec la créature aux ailes
blanches, François m'interrompt.

— Écoute, je sais faire la différence entre
les traces que laisse Dimitri sur la plage et
celles qu'on a vues là-bas. Il était accompagné,
c'est tout.

Émilie soupçonne que François lui cache
certains détails.

— Tu... Ce n'est pas la vérité.

François ne bronche pas. Il n'ose pas avouer
que nous avons pris la poudre d'escampette à
la vue d'un trucage. Ça donnerait un avantage
à l'équipe adverse.

— Et vous, comment vous avez fait votre
feu? demandé-je en changeant délibérément
le sujet de conversation.

— C'est Jade... Chacun ses petits secrets,
me lance-t-elle avec un sourire vengeur.

Nous rejoignons Jade, occupée à entre-
tenir le feu. Nous déposons notre récolte près

du campement. Les deux filles se penchent sur les fruits.

— Vous avez fait du bon travail, fait remarquer Jade en souriant. On a de quoi tenir quelques jours avec ça.

— Ça ne change rien à notre provision d'eau. Même avec quelques noix de coco, ça ne suffira pas. Va falloir trouver une source, précise François.

— Les secours arriveront peut-être avant que nous en ayons besoin, dit Émilie d'un air désespéré. Si seulement vous pouviez admettre qu'on n'est pas à la bonne place, on aurait un peu plus de chances de s'en sortir!

— Hé! *Guapa*, c'était ton choix de t'inscrire à ce jeu de téléréalité. Ne viens pas te plaindre, maintenant, si tu te retrouves sur une île déserte à lutter pour ta survie!

Émilie me regarde fixement, le regard noir. Elle semble vouloir dire quelque chose, mais trouve difficilement les mots.

— Désolée, mais c'est… ce n'était pas *mon* choix!

Confessionnal de Samuel

Maudit! François est un adversaire re-
doutable. Je l'ai compris tout à l'heure quand
il a discrètement ramassé les pierres à feu qu'a
perdues Maria-Elena. Mon premier réflexe
aurait été de les lui rendre. Lui non. Il les a
gardées dans sa poche sans rien dire. Ça met
en péril l'équilibre de notre équipe, mais c'est
aussi une bonne occasion de se débarrasser
d'une concurrente potentielle. Pour le moment, on forme des groupes, mais, tôt ou tard,
on sera un contre un. François pense à long
terme. Je dois admettre que son affaire est
plutôt bien réfléchie. Si Maria-Elena est éliminée demain matin, il aura marqué un point.

François essaye de s'imposer comme leader de notre *gang*, genre. C'est peut-être son

point faible. Dans ce genre de jeu, les p'tits *boss* tiennent jamais jusqu'à la fin. Ses décisions sont beaucoup plus risquées. S'il se trompe, il aura pas de seconde chance. Il suffit d'attendre qu'il commette un faux pas. Pas plus compliqué que ça.

J'ai pas compris tout de suite pourquoi il a pas dit aux deux filles de l'autre équipe ce qu'on avait vu dans la jungle. Il a changé d'avis en cours de route. Il était supposé en parler. D'un autre côté, déclarer, même si c'est un trucage, que Dimitri a été enlevé par un monstre aux ailes blanches revient à dire qu'il n'a pas été éliminé par le jury de *Tiki Tropical* et donc qu'on est peut-être pas à la bonne place.

C'est ça! François souhaite garder le pouvoir absolu, même devant les deux concurrentes. Il veut avoir raison. Il veut pas s'obstiner avec Émilie.

Émilie est une candidate intéressante. Qu'elle croie ou non qu'elle est dans un jeu, ça dérange pas. C'est le genre de concurrente avec laquelle les téléspectateurs peuvent tomber en amour. Elle est pas trop débrouillarde, pas sûre d'elle et a peur de la jungle. C'est idéal pour faire un personnage qui va se dépasser au fil de l'aventure, genre: «Ensuite, et seulement ensuite, un Jedi tu seras. » Je m'en méfie, mais si les dernières épreuves sont très physiques, j'ai plus de chances contre elle que contre François. Émilie est trop fragile physiquement. Tabarnouche ! Elle a juste la peau et les os. Elle est pas tombée à la bonne place pour engraisser !

Va falloir que je trouve un moyen de virer François avant que je sois, genre, *game over* à mon tour. C'est lui ou moi. Me retrouver à la fin face à Jade ou Émilie me pose pas de gros problèmes. Je peux les battre. Par contre, je peux pas affronter François à l'épreuve finale. J'ai plus de chances de l'éliminer si je me lie à une ou deux de nos adversaires pour le sortir du jeu maintenant. Le plus dur sera de re-joindre discrètement leur camp.

De toute façon, j'ai pas le choix, c'est à moi qu'on doit remettre le grand prix de cent mille dollars *cash*. Faut que je rencontre le *boss* de Crash TV face à face. Faut que je puisse le regarder dans les yeux et lui dire ce que je pense de sa manière de faire…

ÉPISODE 3

Samuel

Mautadit que j'ai mal dormi! Depuis qu'on a fait un feu, des dizaines de papillons de nuit viennent passer la veillée près de nous. Toute la nuit, j'ai eu des bzzzz bzzzz dans les oreilles. Comme si ça suffisait pas, j'ai eu l'impression qu'il y avait des flashs de lumière qui venaient de la jungle. Ce sont sans doute des éclairs de chaleur au loin. Quelle nuit! Ça a pas de bon sens.

François me secoue pour me sortir de mon demi-sommeil. Je me détourne pour éviter qu'il me dérange. Il revient à la charge.

— Samuel, réveille-toi. Maria-Elena a été virée du jeu.

— Quoi! Ça a pas d'allure! À cause des pierres à feu? dis-je en me redressant.

— J'imagine que oui. En tout cas, elle a disparu.

— Les deux autres filles, elles sont au courant ?

— C'est là où ça devient amusant. Jade a été éliminée, elle aussi. Il ne reste qu'Émilie.

— Jade ? Pourquoi Jade ? Le jury est censé retrancher une seule personne à la fois.

— C'était probablement *ex æquo*. On se trouve en position de force et je crois savoir comment nous débarrasser d'Émilie.

— Explique.

— C'est simple, on est presque à court d'eau. Je pense que les organisateurs veulent qu'on fasse des réserves d'eau. On peut facilement perdre Émilie dans la jungle. Elle ne retrouvera pas son chemin et elle sera éjectée au prochain tour.

— Comment tu comptes la perdre, *man* ? Elle va logiquement nous suivre à la trace. Elle panique comme ça a pas d'allure à l'idée de pénétrer dans la jungle.

— On va repasser là où on était hier. Les techniciens démarreront forcément le trucage. On fera semblant d'être pris de panique et on détalera tous dans la jungle. Nous deux, on se rejoint dans la clairière. Elle, on la perd dans la course.

— Et t'es sûr de retrouver la *track*?

— Évidemment que je vais la retrouver, ce n'est pas la première fois que je me balade en forêt.

— Pas pire. Ça devrait marcher.

Je me frotte le visage énergiquement pour me sortir complètement du sommeil.

— T'as pas été réveillé par des lumières venant de la jungle, toi?

— Quoi? Non, pantoute. Mais c'est sans doute pour nous filmer qu'ils ont besoin de lumière. Tiens, justement, voilà la fille qui arrive, remarque François.

Comme c'est souvent le cas, Émilie pète une coche dès qu'elle ouvre la bouche.

— Où elles sont? Ne me dites pas que vous n'êtes pas au courant!

— Forcément qu'on le sait. Ce n'est pas la question! La question, c'est de savoir si tu es prête à entendre la vérité, rétorque François.

— Oh! Ne recommencez pas avec vos histoires de jeu! Deux de nos amies ont disparu en même temps. Ça n'a plus rien à voir avec les règles dont on nous avait parlé!

— Et si elles étaient *ex æquo*?

— Comment ça, *ex æquo*? Qu'est-ce qu'elles ont fait pour mériter d'être éliminées toutes les deux?

— C'est le jury qui décide. Il suffit parfois d'un rien…

Émilie fulmine. Poings sur les hanches, elle a l'air plus sûre d'elle que les autres jours.

— Admettons ta théorie du jeu. Maria-Elena est sans doute celle qui, de vous trois, a rapporté le plus de fruits et Jade a démarré un feu. Me semble… Enfin, je crois qu'il y en a d'autres, moi y compris, qui auraient mérité d'être virés de ton fichu jeu avant elles, tu ne penses pas?

— J'ai ma petite idée pour Maria-Elena. Toi, tu pourrais peut-être nous expliquer plus précisément comment s'est déroulée votre journée d'hier…

Sur le coup, Émilie ne dit plus rien. Comme s'il y avait un détail qu'elle voulait pas dire. Son assurance était de courte durée.

— Je… je ne vois pas pourquoi je ferais ça, ta théorie ne tient pas. Et pendant qu'on discute, trois de nos amis sont peut-être perdus dans la jungle.

— Et puisque, selon toi, les deux filles ont disparu dans la jungle, qu'est-ce qu'elles sont allées y faire toutes seules ? Dans le genre «théorie qui ne tient pas», la tienne est pas mal aussi.

— Oh, de grâce ! C'est pourtant évident : elles avaient envie de satisfaire un besoin, c'est tout !

Samuel éclate de rire.

— Peu importe, lance François, on va manquer d'eau. Si ça peut te faire plaisir, on peut chercher les autres en même temps.

— Dans… dans la jungle ? Faut qu'on mette les pieds là-dedans ?

— Tu peux rester toute seule ici si tu préfères, dis-je pour la motiver.

Émilie semble perdre tous ses moyens.

— Alors, tu embarques ?

— Tous les autres ont disparu dans cette jungle. Si vous vous trompez…

— Je suis un peu tanné de me répéter sur ce point, s'impatiente François. On part dans dix minutes. J'ai un jeu à gagner.

* * *

Maudit ! Ça fait une demi-heure qu'on progresse à l'aveugle. Le feuillage est trop dense. François, comme tout bon leader, ouvre la marche. Décidé à être le candidat le plus parfait, il s'est chargé d'embarquer la caméra, soigneusement emballée. J'ai pris ce qui restait de fruits et Émilie transporte la réserve d'eau. Je m'approche du *boss*.

— Ça va, je le sais qu'on avance dans la mauvaise direction, fait remarquer François, embêté.

— Tu veux dire que tu ignores où tu nous emmènes, *man* ? Me semblait que tu te débrouillais en nature.

— Parce que tu vois quelque chose devant nous, toi ?

— Non, mais va falloir trouver une autre idée pour s'en débarrasser, dis-je à voix basse pour éviter qu'Émilie nous entende.

— Je sais ce qu'on a à faire, j'attends juste le bon moment, rétorque François, énervé.

Intéressant, notre leader commence à avoir de la misère à jouer son rôle.

Depuis qu'on est partis, Émilie arrête pas de se plaindre : «trop chaud», «trop de feuilles», «j'ai soif», elle bougonne constamment. Je me dis que si on pouvait courir, on s'en débarrasserait facilement, mais justement on peut pas courir.

— En tout cas, si c'était un jeu, j'aurais aimé qu'on me vire dès le départ, grogne Émilie en s'empêtrant dans des lianes. J'en ai ras la margoulette de cette île, moi. D'ailleurs, c'est bien la preuve que ce n'est pas un jeu, sinon on m'aurait éjectée depuis longtemps.

— Pantoute, t'es même la candidate idéale, lui dis-je en attendant qu'elle me rejoigne.

— Comment ça, la candidate idéale ? Je déteste le plein air, je suis plutôt du genre solitaire, je suis allergique à tout un tas de trucs naturels et j'ai horreur des insectes. Tu parles d'un profil !

— C'est bien pour ça que t'es une concurrente que les téléspectateurs veulent voir évoluer. Les films de Rambo, ça intéresse plus personne, de nos jours. Tout le monde sait qu'il est super fort et qu'il gagne à la fin. Il y a plus de *fun* là-dedans.

— Tu crois vraiment que j'ai un potentiel parce que je ne suis pas faite pour être ici, c'est ça ? Parce que je suis du genre antihéros.

— En plein ça : antihéros ! Les scénaristes de l'émission peuvent te dépeindre comme une personne qui va se dépasser et évoluer vers quelque chose d'inattendu. Ça, ça fait *tripper* les téléspectateurs.

— Comment ça, me dépeindre ? Et puis, depuis quand il y a des scénaristes dans une téléréalité ?

J'en profite pour donner un coup de main à Émilie, qui peine à avancer. L'heure du rapprochement a sonné.

— Woupelaye ! T'as pas regardé ce genre d'émissions souvent, toi ?

— Je n'ai plus la télé depuis que mon psy m'a interdit de l'écouter.

— Dans un téléroman, on écrit l'histoire et on demande à des acteurs de la jouer. Dans une téléréalité, on filme les gens, puis on utilise ce qu'on a enregistré pour créer des personnages et les faire coller à la personnalité que le réalisateur a envie de leur donner. En fait, on écrit le scénario à partir des images filmées.

— Mais ça n'a rien à voir avec la réalité !

— Pantoute. C'est l'impression de réalité qui compte. Le spectateur, il s'en rend pas compte que c'est de la frime. L'important, c'est qu'il reste collé à sa télé !

— Et s'il ne se passe rien entre les candidats ? Si les gens de la production ont mal choisi les participants ou si ça ne se déroule pas comme le réalisateur le veut ? Ça doit arriver, non ?

— *Easy.* L'équipe de tournage fait intervenir un acteur, qui agit comme s'il était un candidat. Sauf qu'il va être chargé de faire tourner l'histoire au gré des fantaisies du réalisateur. Il va créer des conflits, aider les participants qui en ont besoin, etc.

— Mais c'est débile, ce que tu me racontes, lance Émilie en s'arrêtant et en se frottant le nez. La téléréalité est arrangée sur toute la ligne ! Ça ne devrait même pas s'appeler téléréalité !

— Tu sais, ce qu'on voit à la télé, dans les magazines, tout ça, c'est pas mal truqué en général. L'important, c'est de vendre le produit !

Émilie esquisse un sourire.

— Marrant, ce n'est pas la première fois que j'entends ce genre de réflexions.

Émilie semble dérangée par quelque chose. Elle se frotte le nez et la gorge.

— Es-tu correcte?

— C'est rien, juste une crise d'allerg… Atchi! Atchi!

— Le pollen?

— Non, justement, le pollen est une des rares choses auxquelles je ne suis pas allergique. Je ne sais pas ce que c'est. Atchi!

La végétation commence à s'espacer un peu. Il y a plus de place pour marcher devant nous. François, qui nous attend un peu plus loin, nous *call*.

— Qu'est-ce que vous fabriquez? Venez voir ça.

Émilie m'emboîte le pas. On rejoint François. La fille éternue de plus en plus. Elle a le visage tout rouge.

— Quoi! Tu as attrapé un rhume, ce coup-ci? demande François, dédaigneux.

Le vrai profil d'une gagnante, toi!

— Arrêtez de vous astiner. Elle a des allergies, dis-je en comprenant qu'Émilie n'est pas en mesure de répondre pour l'instant.

On est face à un panorama qu'on voit pas souvent dans le coin de Montréal. Devant nous s'étend une vallée longue de plusieurs kilomètres, balayée par les rayons du soleil. Un côté de la vallée est longé par une série de petites collines verdoyantes, l'autre, par un volcan.

— Tout un paysage, quand même ! dis-je en admirant l'horizon.

— Si cette île est déserte aujourd'hui, elle ne l'a pas toujours été, fait remarquer François.

— Qu'est-ce que… atchi… tu racontes ? Atchi ! Atchi ! Comment peux-tu dire ça ? tente d'articuler Émilie.

— Les arbustes dans la vallée, regarde. Ils sont parfaitement alignés sur plusieurs rangées. C'est une plantation. Je suis sûr qu'en allant voir de plus près, tu vas t'en rendre compte, poursuit François. De toute manière, va falloir traverser, conclut-il en me faisant un clin d'œil.

Notre leader a décidé de perdre la concurrente dès qu'il le pourra. Cette soi-disant culture est l'endroit idéal.

Lorsque nous arrivons en bas, les allergies d'Émilie redoublent. François attrape un des fruits qui pendent à une branche.

— Oh, zut! lance-t-il avec un sourire, des kumquats. Ce n'est pas à ça que tu es allergique, justement?

Émilie peine à articuler.

— Tchi! Atchi! Fallait vraiment que les anciens… tchi… les anciens propriétaires de cette île soient des… atchi… tchi… des fanatiques d'agrumes!

Dans le labyrinthe de kumquats, en plein soleil, il fait très chaud. François se met à plat ventre sur le sol et observe le pied des plants.

— C'est bien ce que je disais. Il n'y a qu'à examiner les troncs. La plupart ont poussé sur une même ligne. C'est une plantation… Une très vieille plantation d'agrumes, vu le désordre et le manque d'entretien.

La culture est ravagée par des centaines de chenilles qui dévorent les feuilles. Il y en a partout, c'est presque difficile d'avancer sans en écraser.

— Atchi! Atchi! Et ça… tchi… ça te dérangerait qu'on sorte d'ici au… tchi… au plus vite?

Émilie est pliée en deux. Ses éternuements s'arrêtent plus. Elle a de véritables difficultés à respirer.

Je m'adresse discrètement à François:

— *Man*, on peut pas l'abandonner ici, ça a pas d'allure, elle va étouffer!

— Voyons, tu n'as pas vu clair dans son jeu? Elle le fait exprès. Elle est peut-être allergique, mais là, elle exagère complètement!

— Pourquoi elle ferait ça?

— Je suis convaincu qu'elle a compris qu'elle est dans un jeu. Elle veut se rallier à quelqu'un. Comme elle sait qu'elle n'a aucune chance avec moi, elle veut savoir si tu vas l'aider ou pas. Si oui, elle t'aura gagné à sa cause.

— Et si tu te trompais?

François me fait un large sourire.

— À toi de choisir qui tu crois! Pour ma part, je n'ai pas le temps de m'embêter avec cette fille. Faut que je remporte ce jeu, pour ma famille et pour mon petit frère.

Émilie nous dépasse en courant.

— Alors, vous faites quoi? Atchi! Moi, je ne reste pas une minute de plus dans cet endroit.

Elle s'enfonce dans le dédale d'arbustes. Nous restons tous les deux estomaqués.

— J'aurai peut-être même pas à prendre de décision! dis-je, étonné.

— Le temps d'avaler une gorgée d'eau et on n'en entendra plus parler.

François se tait tout à coup. On dirait qu'il vient de se rendre compte d'un truc auquel il avait pas pensé. Je crois savoir de quoi il s'agit.

— C'est Émilie qui a l'eau! Sans eau, ici, on tiendra pas longtemps à siphonner des kumquats…

Pas de réponse. François est tout pâle.

— Faut la rattraper! beugle-t-il en se lançant à sa poursuite.

* * *

Cela fait plus d'une heure que nous progressons sous une chaleur à faire griller un steak. Il est presque midi. Le soleil tape fort et les arbres à kumquats sont pas assez grands pour nous faire de l'ombre. On a complètement perdu Émilie de vue. *Crisse*! J'ai l'impression d'entendre en permanence les chenilles blanches grignoter les feuilles. On est *full* entourés. Certaines ont même décidé de venir pique-niquer sur nous.

— Mais bon Dieu, où a-t-elle disparu? Elle est tellement mince qu'on est capables d'être passés à côté sans la voir! maugrée François, désemparé.

— On dirait bien que tu t'es fait, genre, *crosser*, ce coup-ci…

— Comment ça?

— T'avais qu'à lui donner la caméra et à garder l'eau, ce matin. Le problème serait réglé.

— Je n'y ai pas pensé, O.K.? Ça peut arriver, non?

— Au leader? Je sais pas…

— Quoi? Tu remets en question mes prises de position? Tu n'as jamais été obligé de me suivre.

— *Cool, man*, on fait tous des niaiseries. J'espère juste que ça te vaudra pas d'être éliminé, c'est tout.

— Suffit que quelqu'un fasse une plus grosse bêtise que la mienne, indique François d'un ton narquois.

— Et tu comptes sur Émilie pour ça, je suppose.

— Sur Émilie… ou sur toi.

— Je vois, dis-je en comprenant la *game* de mon adversaire.

À cet instant, j'entends plusieurs éternuements venant de ma droite. Ça provient de la jungle.

— En tout cas, pour le moment, l'autre candidate se débrouille pas mal… répliquai-je en lui indiquant la position d'Émilie.

Ça nous prend dix bonnes minutes pour nous rendre jusqu'au point où nous attend Émilie. On est à quelques mètres quand, en plus de discerner ses éternuements, on l'entend crier.

Émilie est appuyée sur une espèce de statue, en forme de papillon, sculptée dans une souche d'arbre. Elle est sortie de la plantation et se trouve à l'embouchure d'un petit chemin escarpé qui longe le flanc du volcan. En arrivant près d'elle, on constate que plusieurs chenilles lui grimpent dessus.

— Argh! Tout de même, ce n'est pas trop tôt. Aidez-moi à enlever ces bestioles. Je... je n'ose pas y toucher. C'est dégueulasse...

François et moi faisons le ménage.

— T'as qu'à penser que ce sont de grosses nouilles, dis-je en rigolant.

— Très drôle, bougonne Émilie. Atchi!

— Tu aurais pu nous attendre avant de foncer à travers la jungle! lui reproche François.

— Oui, eh bien! désolée, mais si je ne sortais pas vite de ces broussailles, j'allais probablement étouffer ou être dévorée par ces chenilles. Je n'avais pas vraiment envie de faire du tourisme là-dedans.

— C'est toi qui vois, mais en attendant, je ne sais pas comment le jury prendra ton manque de coopération...

— Non, mais tu ne vas pas recommencer avec ton fichu jeu! ON EST PERDUS! Vas-tu finir par comprendre? peste Émilie en essayant désespérément d'imposer ses idées à François.

— O.K., la *gang*, on pourrait continuer de jaser un peu plus tard, vous croyez pas? On sait pas pantoute où on est ni où on doit aller pour trouver à boire. Faudrait décider d'une direction, genre.

— Tu te souviens des flashs de lumière que tu dis avoir vus la nuit passée? me demande François.

Je fais oui de la tête. Je vois pas où il veut en venir.

— Et si c'était un signal pour nous diriger dans le jeu?

— De quoi vous parlez? demande Émilie.

— J'ai vu comme de grosses *flashlights* la nuit dernière. Pas au-dessus de l'océan, mais au-dessus de l'île, là où il y a le volcan.

— Tout semble donc indiquer la direction du volcan, décide notre leader en pointant le sentier. Autant les éclairs de lumière que les traces de cette civilisation ancienne!

Pas question pour moi de le contredire. Avec un peu de chance, son idée, c'est de la *shnout* et c'est exactement ce que je veux.

On reprend notre marche à travers la jungle, qui est un peu moins dense que tout à l'heure. Ça fait du bien d'être de nouveau à l'ombre. François et Émilie se font mutuellement la tête. Pour ma part, quand j'ai pas à regarder où je mets les pieds, je m'occupe à sculpter une petite roche que j'ai trouvée le premier soir, près de la plage. Dimitri, qui était près de moi quand je l'ai découverte, m'a dit qu'il devait s'agir d'une obsidienne, une roche volcanique assez rare dont se servaient les hommes préhistoriques pour fabriquer des lances.

Le terrain est de plus en plus abrupt. On monte une succession de côtes escarpées. Au moins, Émilie éternue plus, son visage a repris un teint normal.

— Es-tu correcte ? lui demandé-je en lui tendant la main pour l'aider à escalader un passage difficile.

— Tu essayes de sauver ta peau pour le super jeu de téléréalité ? C'est pour ça que tu fais ton gentil ?

— Je… non. Enfin, c'est pour…

— Ça va, je me débrouille très bien toute seule.

Je continue à marcher à sa hauteur. François a pris les devants. Émilie me regarde tripatouiller mon caillou.

— Une pierre à feu ? me demande-t-elle, intriguée.

— Non, d'après le petit gars à lunettes qui a disparu, c'est une pierre qu'on utilisait dans le temps pour faire des lances.

— Tu t'attends à croiser un mammouth?

— Ça pourrait toujours être utile pour chasser le gros gibier… Et ça se pourrait bien que j'en croise un d'ici la fin du jeu…

— Bien sûr! s'esclaffe Émilie en souriant.

Je profite de sa bonne humeur pour être stratégique.

— François est convaincu que tu sais qu'on est dans un jeu. Il te considère vraiment comme une adversaire.

— Ce n'est pas mon problème s'il est trop niaiseux pour voir la vérité en face.

Tout ce que je veux, c'est qu'on sorte d'ici.

— Je sais que ça te tanne, mais pourquoi tu refuses d'y croire?

— Pas besoin de regarder la télé tous les jours pour comprendre que, techniquement, c'est impossible de cacher des caméras et des micros à la grandeur de l'île. Et puis, on nous avait parlé de jeux, d'épreuves, rien de bien méchant. Personne n'a dit qu'on nous abandonnerait au milieu de nulle part, livrés à nous-mêmes. Les parents ont signé une lettre d'entente pour nous autoriser à participer à ce jeu, mais il n'a jamais été question de telles conditions.

— Admets quand même que, depuis le début, on progresse dans des zones super définies : la plage, l'entrée de la jungle et, maintenant, cette culture de fruits. C'est déjà moins difficile de cacher des caméras et des micros. Et puis, aujourd'hui, avec la précision des satellites, les gens de la production peuvent, genre, se servir de caméras verticales braquées en permanence sur l'île. Dimitri pourrait sûrement t'expliquer ça mieux que moi.

— Dis, tu ne trouves pas que tu exagères un peu ? Il est question d'une émission de télé, pas de la surveillance d'une zone de guerre !

— Tu as déjà entendu parler de Crash TV avant de te lancer dans ce jeu ?

— Tout ce qu'on m'a dit, c'est que cette chaîne est spécialisée dans les jeux de téléréalité. Comme je n'ai pas la télévision, je n'en sais pas davantage.

— O.K., je comprends mieux ton point de vue.

— Qu'est-ce que tu veux dire?

François nous fait signe du haut de la colline.

— Amenez-vous.

On se dépêche de grimper pour le rejoindre.

— Je crois que François va s'organiser pour que tu te fasses éliminer ce soir.

— Pourquoi tu me dis ça? Tu sais que je n'y accorde aucun intérêt.

— Précisément. Comme tu y crois pas, j'imagine que tu verras pas d'inconvénient à ce qu'on s'arrange pour l'éliminer lui plutôt que toi?

Émilie s'arrête net.

— Dis, ça ne te tenterait pas d'aller jouer un peu plus loin? Depuis le début de notre expédition, on s'est enfoncé dans une jungle tellement épaisse que je ne voyais même plus mes pieds. Juste après, j'ai passé une demi-heure à cracher mes poumons et à essayer de me débarrasser de chenilles mangeuses d'hommes! Je suis ici pour essayer de relever les traces de nos amis sans jamais y arriver et voilà que tu me parles de vos stupidités! Vous commencez à me fatiguer, tous les deux.

— O.K., *check*, si l'occasion se présente de lui faire rater un bon coup, est-ce que tu m'aiderais ?

— Et pourquoi tu tiens tant à évincer ton *chum* ?

— C'est pas mon *chum*, c'est un participant. Si je veux l'éliminer, c'est purement stratégique. C'est peut-être aujourd'hui le moment idéal.

— Mais pourquoi lui plutôt que moi ?

— …

— Parce qu'à la fin, ce sera plus facile d'avoir une fille comme adversaire plutôt qu'un gars, c'est ça ?

Crime ! Pourquoi est-ce que les filles devinent toujours aussi facilement ce que pensent les gars ?

— Pourquoi tu as dit que tu comprenais mon point de vue, tout à l'heure, quand j'ai précisé que je ne connaissais pas Crash TV ?

— Je comprends que tu croies pas en ce jeu si tu sais pas de quoi Crash TV est capable.

— C'est une chaîne de télé, O.K. ? Pas de quoi en faire toute une histoire.

— T'as pas entendu parler de sa dernière émission, *Évasion 24 heures*?

— J'aurais dû?

— Ça t'aurait donné une idée de son savoir-faire.

— Explique.

— Un prisonnier condamné à vingt ans d'emprisonnement à qui on offre la chance d'effacer sa peine s'il parvient à traverser l'île de Montréal. Son point de départ : la prison. À l'opposé de la ville, son point d'arrivée. Un hélicoptère l'y attend pour l'emmener vers une destination de son choix.

— Ça n'a pas l'air trop compliqué comme *challenge*.

— Effectivement. Sauf que le pauvre gars a deux cents policiers à ses trousses, autorisés à utiliser la force ou le Taser. Et tous les télé-spectateurs peuvent révéler sa position s'ils reconnaissent les lieux où le participant se trouve. Le prisonnier, lui, n'a rien, si ce n'est l'espoir d'une remise de peine.

— En tout cas, ça ferait un bon film.

— Les gars à Crash TV sont plus pervers que ça. Plutôt que d'en faire un film qui coûterait une fortune à produire, ils en font un jeu de téléréalité bien moins coûteux et qui rapporte des millions en revenus de publicité. Pourquoi? Parce que c'est la vraie vie de quelqu'un qui est mise à prix. Ça pogne beaucoup plus.

— Et comment s'en est tiré le prisonnier? Il a eu sa remise de peine?

— Il est mort.

— Quoi?

— Au cours d'une poursuite à quelques kilomètres de son lieu d'arrivée, il a été heurté par une auto. Il a succombé à ses blessures à l'hôpital.

— Mais c'est terrible.

— Je crois pas que Crash TV ait trouvé ça si terrible. L'aventure a rapporté pas mal de *cash*.

— On ne peut pas montrer des trucs pareils à la télé, voyons!

— C'était du direct, impossible de couper. C'est différent pour nous, puisque tout est enregistré. Mais dans le cas de ce prisonnier, je te rassure, personne s'en est plaint. Tout le monde s'est régalé du spectacle! Tellement que l'animateur de l'émission, Alex Straton, a été *pitché* à la direction de l'entreprise.

— La famille du prisonnier n'a pas porté plainte?

— Crash TV avait prévu le coup: la famille était sur le B.S. et vivait dans un quartier pauvre de la ville. Pas assez de revenus pour tenter quoi que ce soit contre la chaîne de télé. Crois-moi, j'ai suivi cette affaire plus que n'importe qui. Crash TV sait s'organiser quand il s'agit de faire gonfler les cotes d'écoute.

— Je ne vois pas en quoi c'est censé me faire croire qu'on est dans un jeu.

— Si cette chaîne de télé a été capable de couvrir toute l'île de Montréal, alors pourquoi pas ici? Moi, je reste persuadé que c'est possible. C'est bien son genre. Et puis, ça permettrait de faire mousser encore plus la popularité de la chaîne.

Émilie s'arrête.

— Voyons, Samuel, on a tous signé des contrats qui stipulaient qu'on serait encadrés par des professionnels, qu'on ne courrait aucun risque, que notre sécurité serait garantie au maximum et qu'on ne serait là que pour participer à des jeux de stratégie et d'endurance. Ouvre les yeux: on n'est pas au bon endroit, ça n'a rien à voir. Crash TV ne pourrait pas nous laisser livrés à nous-mêmes ainsi, les producteurs se feraient poursuivre en justice!

— Cibole! T'as pas compris ce que je viens de dire. Crash TV sait s'organiser. Les contrats ont aucune importance pour les *boss*! Ils se moquent d'aller en justice, ils devront, tout au plus, payer un dédommagement aux familles. Et après? Qu'est-ce que ça représente pour eux qui empocheront, genre, des millions grâce aux cotes d'écoute? Ils y gagnent sur toute la ligne!

— Mais nos proches pourraient interdire la diffusion.

— Non, justement, c'est une des clauses du contrat. Nous avons légué notre droit à l'image. T'as pas lu les papiers?

— Si, enfin... les grandes lignes, je n'étais pas la seule à décider...

François nous fait signe de nous dépêcher. Faut que je m'entende avec Émilie.

— J'ai besoin de savoir si tu veux m'aider ou pas.

Émilie observe François, impatient en haut de la colline.

— On verra si l'occasion se présente, répond-elle.

Au sommet de la petite colline, le terrain redescend de plus belle. La pente devant nous est, genre, très abrupte, va falloir faire attention. La végétation recommence à mi-hauteur, mais le chemin semble s'engouffrer dans la jungle.

On est tous *full* sur nos gardes : un seul faux pas et on peut dévaler la côte sur une bonne centaine de mètres.

Plus on se rapproche de la jungle, plus les allergies d'Émilie reprennent. Je me tiens pourtant à une certaine distance et j'ai fini mon kumquat depuis un moment.

— Quoi ? Je suis pas encore assez loin derrière toi ? lui dis-je.

— Ce n'est pas toi. Atchi !

— Si tu arrêtais ta comédie, on s'en lasse un peu, peste François.

Émilie se retourne et lui lance un regard de fille pas trop contente qui s'apprête à lui envoyer une claque en plein visage.

— Ça vient de là, annonce-t-elle en pointant l'entrée de la jungle particulièrement sombre.

— Ça ne doit pas être un arbre à kumquats, poursuit l'apprenti botaniste, ils ont besoin de lumière. Donc, arrête de faire semblant.

Au même moment, on est surpris tous les trois par un son que François et moi reconnaissons tout de suite. Le vrombissement de l'autre fois.

— Encore lui! dis-je distraitement.

— Atchi! Comment ça, encore lui? me lance Émilie. C'est quoi, ce bruit?

— Je… euh…

— On a entendu ce bruit, hier, quand on cueillait des fruits, rectifie François pour me tirer de mon mauvais pas.

— C'est quoi?

— Pas la moindre idée, assure-t-il. Mais on n'a pas le choix d'aller dans sa direction, en tout cas.

Je devine où François veut en venir. Il espère qu'Émilie se risque la première et tombe face à face avec le trucage conçu par l'équipe technique. Elle va paniquer et prendre ses jambes à son cou. On aura de bonnes chances de la perdre dans la jungle.

Sauf que stratégiquement, je préférerais me défaire du *boss*.

— Attends, dis-je à Émilie. Laisse-moi passer devant.

Je remarque du coin de l'œil le regard interrogateur de François.

J'avance lentement dans les broussailles. Tout est *dark*, ici. Nos yeux mettent du temps à s'habituer à l'obscurité. Émilie me suit. Pas facile d'être discret avec la fille qui éternue derrière moi. Le bourdonnement est de plus en plus fort. Je m'attends à voir le feuillage *shaker*. Ce sera pas long.

C'est bon, je crois que j'ai repéré d'où ça vient. À vingt mètres devant, je remarque une masse blanche dans la végétation. Émilie et moi progressons sur la pointe des pieds. Elle essaye d'étouffer ses éternuements, mais c'est pas un franc succès.

Un gros BVROUUUUUU nous fait sur-sauter.

— On dirait un bourdon, chuchote Émilie. Ça vient d'où? Tchi!

— Chut!

Les feuilles juste devant nous se mettent à brasser. Émilie ose plus bouger. Même si je sais de quoi il s'agit, l'ambiance du lieu fait que j'hésite, moi aussi.

François est à une quinzaine de mètres derrière nous.

— Alors, vous avancez ou quoi?

Il m'en faut pas plus pour écarter les derniers branchages.

Sur le coup, Émilie et moi restons complètement figés. La chose qui nous fait face est énorme. Ça a rien d'un bourdon, rien du tout. C'est une créature comme j'en ai jamais vu. Un papillon… Oui, ça ressemble à un papillon. Un papillon de nuit gigantesque.

— Atchi! Qu'est… qu'est-ce… qu'est-ce que c'est que ça? bredouille Émilie, terrifiée.

Je sais pas quoi répondre, j'ai les jambes qui flageolent. Ce papillon blanchâtre, plein de poils, qui nous fixe avec ses yeux globuleux, me glace le sang. Ce qui est le plus effrayant dans cette créature, c'est son expression étrange. On dirait… on dirait presque qu'elle a une face humaine…

Pour moi, une chose est évidente: on a fait une sacrée erreur. Cette chose n'a rien d'un trucage de télévision… Ce truc-là, ce papillon, il est bien réel. L'espace d'un moment, l'insecte agite ses ailes dans un vacarme épouvantable. Émilie et moi détalons comme des fous furieux.

Je crie à François de s'en aller, mais j'ignore s'il m'entend. Pas le temps de regarder, on *sprinte* droit devant nous.

La descente est rapide, genre *full* rapide. La pente est de plus en plus abrupte. J'attrape Émilie par le bras. Je sais même pas si c'est pour la retenir ou pour me retenir moi-même. Rien à faire, on s'enfarge dans les racines, nos pieds touchent plus le sol. J'ai l'impression de pédaler dans le vide jusqu'au moment où je heurte une grosse souche. Émilie et moi basculons vers l'avant. On s'étale dans l'humus et c'est parti pour une dégringolade en règle. On roule tous les deux sur le flanc. Je vois défiler le paysage à une vitesse de fou. Impossible d'évaluer la distance qui nous sépare d'un terrain plat, on va beaucoup trop vite. Je me cogne à plusieurs endroits. On roule, on roule…

Tout à coup, on aboutit sur un sol mou qui amortit notre chute. Ouf! J'ai bien cru que ça ne s'arrêterait jamais. On met quelques instants à retrouver nos esprits. Ça a pas de bon sens comme j'ai la tête qui tourne. Les arbres au-dessus de moi, c'est comme s'ils dansaient le hip-hop.

Tout est redevenu calme autour de nous. Les bruits de jungle ordinaires.

Je me redresse. On a atterri dans une talle de grosses fougères très denses.

On dirait qu'un pot de confiture vient de se vider dans mon sac. Celui-ci dégouline de jus de fruits. Oh non ! J'ai bien peur que le dîner soit complètement détruit.

Je constate, en ouvrant le sac, que je viens de perdre toutes nos réserves alimentaires.

— Marre, marre, marre, j'en ai vraiment marre de cette île ! jure Émilie en se redressant.

— Désolé, je crois que, pour le dîner, c'est foutu, dis-je en montrant mon sac boueux et dégoulinant.

— La bouteille d'eau a subi le même sort, m'apprend la fille en sortant le cadavre du contenant de plastique brisé. Va falloir se passer d'eau.

— Pas le choix de trouver de l'eau rapidement.

— Et pour ton *chum*, on fait quoi ?

— Il a eu ce qu'il voulait, il nous a perdus. Qu'il se débrouille ! S'il s'imagine encore que c'est un jeu, qu'il essaye donc de gagner, dis-je en reprenant la marche.

Émilie reste sur place, surprise de ma réponse.

— Attends… Tu as changé d'avis ?

— La première fois qu'on a aperçu ce truc – enfin, on l'avait pas bien vu –, on a tous les deux cru que c'était un trucage, genre, arrangé avec le gars des vues pour distraire les équipes.

— Vous l'aviez déjà croisé ? Pourquoi vous n'en aviez pas parlé ?

— On l'a aperçu près de l'endroit où Dimitri a disparu. On a perdu sa trace juste à côté du cocon de cette bestiole. Si on en a pas parlé, je crois que c'est parce que François voulait garder ce trucage comme *joker* et s'en servir pour vous perdre dans la forêt. Une niaiserie du genre.

— Tu penses que ça a un rapport avec la disparition de Dimitri ?

— Ce dont je suis sûr, c'est que la bestiole a rien à voir avec un trucage de télévision !

— Et c'est quoi, à ton avis? demande Émilie en m'emboîtant le pas.

— Je le sais-tu, moi? Un insecte de la taille d'un gros cochon! Jamais vu un truc pareil.

— En tout cas, c'était pas mal dégueu dans le genre.

— Le défi, maintenant, dis-je en regardant autour de moi, c'est de trouver par où aller!

Émilie inspecte les lieux.

— Je ne voudrais pas être pessimiste, mais plus de la moitié de notre groupe a disparu. Il y a peut-être d'autres insectes comme celui-là dans cette jungle, et on ne sait pas quelles sont leurs intentions.

— Merci de me *booster*!

— Tu as dit que tu avais vu des *flashs* de lumière venant du centre de l'île. Ça monte tranquillement par là, indique-t-elle en pointant droit devant elle. On n'a qu'à essayer.

On reprend notre marche à travers la jungle. Cibole qu'il fait chaud, très chaud! Émilie et moi, on a vraiment soif. On doit trouver de l'eau, ça presse. Je peux toujours me débrouiller un moment avec des kumquats, mais Émilie, avec son allergie…

Après plus d'une heure de balade étouffante, on se retrouve face à un mur de roche. Celui-ci est recouvert de végétation.

— On est supposés monter là?

— Les flashs de lumière ont forcément été émis d'un point en hauteur. Pas de doute, on risque d'avoir un peu d'escalade à faire.

On recule de quelques pas pour examiner la paroi. La falaise comporte un palier à mi-hauteur. Sur ce palier se dresse une palissade de bois, qui cache vraisemblablement quelque chose, mais d'ici, impossible de dire quoi. En tout cas, l'endroit est idéal pour se protéger. Falaise et palissade forment un mur d'enceinte de plusieurs mètres très difficile à franchir. Il y a une échelle appuyée sur la palissade, mais pour l'atteindre, faut d'abord grimper jusque-là.

— Là, regarde ça. C'est pas arrivé là par hasard, dis-je à Émilie en pointant l'échelle.

— Tu penses que quelqu'un de notre équipe a pu se cacher ici?

— Pas moi, en tout cas, fait une voix derrière les buissons. Vous en avez mis, du temps!

François surgit derrière nous, fier d'être là depuis un moment.

— Si tu nous as devancés, pourquoi tu n'es pas déjà là-haut? demande Émilie.

— Tant qu'à avoir la caméra, j'en ai profité pour enregistrer mon confessionnal. Et puis, j'attendais que vous arriviez pour qu'on puisse se ravitailler avant l'escalade. Je meurs de soif!

— Va falloir faire sans, mon *chum*, dis-je. On a perdu les réserves d'eau et de fruits en tombant.

François esquisse un petit sourire mesquin.

— Dommage, ça. Vous n'auriez pas dû avoir peur comme ça d'une poupée articulée. Elle n'était tout de même pas si effrayante!

— Tu l'as vue? lance Émilie.

— Bien sûr que je l'ai vue, pour qui tu me prends? Je ne vais quand même pas prendre mes jambes à mon cou pour une niaiserie pareille qui est justement faite pour tenter de nous terroriser!

— Hé! *Man*, tu penses pas que si quelqu'un avait voulu nous faire peur, comme la *gang* d'une émission de télé, il aurait utilisé quelque chose de plus *trash* qu'un truc qui ressemble à un papillon? Me semble qu'il y a plus *gore*, non? Genre zombie déchiqueté ou quelque chose de même...

— Oh! Attends, là, es-tu en train de me dire qu'Émilie t'a convaincu que tu n'es pas dans un jeu?

— Émilie a rien fait du tout, je suis capable de prendre mes propres décisions. Suffit de voir la bestiole de tout à l'heure pour comprendre que c'était pas un trucage, ça.

François rigole.

— Voyons, Samuel, c'était une *joke*, le papillon. Je suis sûr qu'en fouillant le sol, on aurait trouvé les câbles d'alimentation!

— La meilleure façon de savoir si c'est une *joke* ou pas, c'est d'escalader ce rocher et de voir si quelqu'un de notre équipe nous attend de l'autre côté.

— Je... euh... oui, c'est sans doute ce qu'il y a de mieux à faire, mais as-tu pensé que c'est vraisemblablement l'équipe technique qui se trouve là, derrière, et qu'elle n'a probablement pas envie d'être surprise par un candidat? Imagine si la régie est là! fait remarquer François.

Émilie, qui observe la falaise depuis un moment, soupire en entendant les réflexions de François, puis me montre une grosse branche qui pend sur la gauche.

— On va partir par là. En se tenant à cette liane, on devrait arriver à franchir les dix premiers mètres. Après, va falloir y aller de branche en branche sur les six ou sept mètres qui restent et enfin attraper l'échelle pour passer au-dessus de la palissade.

— Ça donne un total d'une vingtaine de mètres ! bredouille François.

— Pourquoi ? Ça te pose un problème ? glousse Émilie qui, pour la première fois, semble en position de force contre François. Le seul sport que j'aie jamais pratiqué, c'est l'escalade en salle. Je sais évaluer les hauteurs.

Émilie et moi partons en tête. L'escalade, ça a pas l'air trop compliqué, mais j'avoue que les vêtements un peu larges que j'ai choisis sont pas super pratiques pour l'occasion. La falaise est moins à pic qu'elle n'y paraît et les branches sont solides. Nous avons progressé de plusieurs mètres lorsque nous entendons François nous appeler.

— Attendez-moi… Je suis coincé, gémit-il.

— Et puis? T'es pas capable de te dégager, *man*? Tu veux qu'on fasse le 911?

— Très drôle, lance François. Venez donc me donner un coup de main.

Émilie et moi, on se regarde. Faut croire qu'on a bon cœur. On redescend tous les deux les quelques mètres qui nous séparent de François.

Émilie inspecte le pied du gars. Elle me regarde d'un air suspicieux.

— Il n'a rien, ton pied, il est seulement pris dans une liane, tu as juste à le bouger un peu.

— Je… je ne peux pas…

— Comment ça, tu ne peux pas, tu as une crampe?

— Non, c'est que…

— Attends, *man*, dis-moi pas que t'as le vertige? *Indiana Jones François* a le vertige!

— Oui, ben, ça va, pas la peine d'insister!

Émilie descend se placer à côté de lui. Elle me fait signe de la suivre.

— O.K., j'avais ce problème-là aussi quand j'ai commencé mes cours d'escalade. Voilà ce qu'on va faire: je vais monter en même temps que toi, à la même hauteur, pour te guider. Samuel va rester derrière nous. Si tu fais un faux pas, il sera là pour te garantir une prise, d'accord?

— Tu es... tu es sûre de ce que tu fais?

— Absolument sûre, mais je t'interdis de regarder en bas, compris?

— On va essayer.

— C'est parti, lance Émilie, décidée.

— Et tu m'écrases pas les doigts, *man*, ça serait gentil!

La première partie de l'escalade est plutôt *cool*. On suit tous la racine en tire-bouchon qui monte sur la falaise. François se débrouille pas mal grâce aux conseils d'Émilie. On arrive assez rapidement sur la partie plus escarpée où on doit passer de branche en branche. On est maintenant à six mètres de haut. C'est là qu'il faut faire attention.

Émilie et François vont nettement plus lentement. Je sens l'autre gars hésiter. J'ai peur qu'il garde pas son calme. S'il tombe, je tombe avec lui.

On progresse tellement lentement que j'en attrape des crampes.

— Hé ! Dépêchez-vous un peu, il va finir par faire nuit !

Pas de réponse. Juste un crac.

La branche à laquelle François se tenait vient de lâcher. Émilie rattrape le pauvre par le poignet. Elle parvient à stabiliser sa position, mais, dans son mouvement, le pied de François frappe mon bras. Il en faut pas plus pour que je perde ma prise. Moi, personne me retient.

Je vois la falaise s'éloigner. Je suis en train de tomber dans le vide. Émilie s'est rendu compte de ce qui se passe. Elle crie, mais ne peut rien faire pour m'aider.

Je me rapproche du sol à grande vitesse. J'ai l'impression que je vais être en miettes en arrivant par terre. Je ferme les yeux. Je veux pas savoir ce qui va suivre.

J'éprouve aucune sensation au moment du choc, comme si on avait mis mon *breaker* à *off*. Total noir, plus de bruit, plus rien.

Je sais pas combien de temps je reste ainsi. Puis, l'instant d'après, *breaker* à *on*. Bouffée d'air dans les poumons. Je respire, mais j'arrive pas à remplir mes réservoirs totalement. J'ai un poids énorme sur le torse.

J'entends Émilie qui crie à François de surtout pas bouger. Je la distingue vaguement. Elle est en train de redescendre vers moi. Je remue chacun de mes membres pour vérifier si tout est là. Ça a l'air correct. Je suis tombé à quelques mètres d'un gros rocher, dans un buisson. La végétation semble avoir amorti ma chute. Le sol est relativement mou.

Émilie arrive près de moi complètement traumatisée.

— Samuel, tu m'entends, tu vis toujours ?

— Ça va… juste du mal à respirer. Donne-moi une minute.

Je me remets tranquillement de ma chute. Émilie m'aide à me relever. Pendant ce temps, François a pas bougé d'un millimètre, on dirait qu'il est gelé. S'il s'imagine que j'ai pas compris son petit manège ! Il fait semblant d'avoir le vertige pour donner aux téléspectateurs l'impression qu'il se dépasse, juste pour regagner leur faveur. À cause de ces stupidités, j'ai failli me casser le cou. Il va voir…

Je passe devant Émilie et me remets à monter la falaise. J'escalade deux fois plus vite que tout à l'heure et arrive sans difficulté à la hauteur de François, bien avant Émilie.

— Alors, comme ça, t'as le vertige ?

— C'est quoi, le problème ? demande François sans trop oser bouger.

— Ça me tente pas de risquer ma peau parce que monsieur a décidé de jouer la comédie pour sauver sa participation à un jeu.

— Qu'est-ce que tu veux insinuer ? Je ne joue pas…

Je lui laisse pas le temps d'en dire plus. Je renforce ma prise avec mon bras gauche pour libérer le droit. J'attrape François par le collet de son t-shirt et le hisse violemment sur quelques mètres le long de la falaise. Il se rattrape comme il peut et manque à plusieurs reprises de tomber, mais finit par arriver au pied de l'échelle.

Un peu plus bas, Émilie est estomaquée par ma manière de faire légèrement plus radicale que la sienne.

— T'arrêtes de niaiser avec ton vertige, compris ? dis-je à François, pâle comme un mort. Tu grimpes cette échelle, pis tu attends en haut !

Je redescends de quelques mètres pour aider Émilie. Elle me regarde en souriant.

— Je ne connaissais pas cette méthode pour vaincre le vertige, mais faut croire qu'elle fonctionne! s'exclame-t-elle en me montrant François, qui surplombe la palissade.

— J'ai réussi, j'y suis parvenu tout seul! lance-t-il, tout heureux.

— Oui, eh bien! Ne tombe pas de l'autre côté de la palissade, maintenant! crie Émilie.

— Pas de trouble, il y a une échelle des deux bords. Je vois une source. Venez!

Il en faut pas plus pour nous motiver à grimper le reste de la cloison. En quelques minutes, on arrive au-dessus. Alors, on découvre que la marche formée dans la roche se poursuit vers une cavité qui se creuse dans la falaise. Cette grotte est entièrement meublée et décorée.

Malheureusement, l'aménagement est loin d'avoir été fait récemment. Tout ce qui traîne ici est vieux, poussiéreux et date, à mon avis, d'il y a une bonne centaine d'années.

* * *

— Crime! On a atterri dans la grotte de Jack Sparrow! dis-je, étonné par l'endroit où on se trouve. On jurerait du stock de pirates!

— Ouais, faut admettre que la production a mis le paquet dans la réalisation des décors! fait remarquer François.

— Désolé, dis-je en tapant sur le rocher. Ça ressemble pas à du carton!

François lève les bras au ciel.

— Émilie t'a vraiment convaincu. Je le crois pas! Voyons, Samuel, ouvre un peu les yeux. L'aventure que nous vivons, c'est tout à fait le genre de Crash TV.

— La chute que j'ai faite tout à l'heure, grâce à toi, c'était pas pour le *show*, O.K.? J'aurais pu rester paralysé ou un truc de même.

— Et comme par hasard, tu es tombé sur du mou. Quelle coïncidence! Tu ne risquais rien du tout!

— Dis-moi pas que tu m'as poussé par exprès!

— Pantoute, je…

— Hé! Les garçons, au lieu de vous chicaner, venez donc boire un coup! nous invite Émilie, penchée au-dessus de la petite source qui ruisselle dans la caverne.

François et moi, on se plonge les mains dans l'eau limpide. Ça fait un bien fou. Je m'immerge la tête pour en avaler la plus grande gorgée que je peux. Je crois bien que j'ai jamais bu de l'eau aussi bonne!

— Ce serait plus commode en utilisant ceci, dit une voix sortie des profondeurs de la grotte.

Jean-Pascal!

L'animateur est visiblement aussi épuisé que nous. Il nous tend deux bouteilles de verre qui semblent aussi vieilles que tout le mobilier de la place.

Tout le monde lui parle en même temps.

— Où étiez-vous? Pourquoi nous avoir laissés faire tout ce chemin tout seuls? demande Émilie.

— Bravo pour la mise en scène, on s'y croirait! Les cotes d'écoute vont atteindre des records!

— C'est quoi, les bestioles qui sont dans la jungle, *man*? Tu les as vues?

Jean-Pascal dépose les bouteilles vides près de la source. Il a l'air confus.

— Où sont les autres ?

Émilie prend sa tête de désespérée.

— Alors, vous n'en savez rien, vous non plus ?

François éclate de rire.

— Excellent, vous jouez le jeu jusqu'au bout ! C'est génial.

— Ils ont disparu dans la jungle ces deux dernières nuits, *man*. Ça a peut-être un rapport avec les créatures qui sont sur cette île.

Jean-Pascal a l'air embêté.

— J'espère que non, car si c'est le cas, je ne sais pas où on va les retrouver, ni dans quel état.

— Et le reste de l'équipage, *man* ? Où est-ce qu'ils se cachent, les gens qui nous accompagnaient ? Qu'est-ce qui s'est passé pendant la tempête ?

L'homme soupire.

— Le gouvernail a été endommagé à cause d'un débris qui a percuté le bateau de plein fouet. Vous dormiez déjà. Impossible de diriger l'embarcation. L'équipe technique a décidé de prendre le canot de sauvetage pour essayer de dénicher du secours. Vous envoyer sur un canot gonflable en pleine mer et en pleine tempête était, selon moi, beaucoup trop risqué. Il nous a semblé, au capitaine et à moi, que le mieux à faire était de vous garder sur le bateau et d'attendre que la mer se calme.

— Comment est-ce qu'on est arrivés sur cette île?

— La situation s'est compliquée par la suite. La visibilité était quasiment nulle. Le bateau s'est approché de la côte sans même que je m'en rende compte et tout à coup, bang! on a heurté les récifs et la moitié de la coque y est restée. C'est à ce moment-là que le capitaine a disparu. Je ne sais pas ce qui s'est passé exactement. La mer était déchaînée. Je crois qu'il a été englouti par les flots. Après, on a été ballottés par les vagues jusqu'à s'échouer sur la plage quelques minutes plus tard.

— Au moins, si on est chanceux, les membres de l'équipe technique sont sans doute en train de nous chercher.

— Il y a beaucoup d'îles dans les environs. S'ils nous cherchent, ça risque de prendre un bout de temps avant qu'ils nous trouvent. En espérant qu'ils s'en sont sortis…

Émilie est assise dans un coin de la grotte. Elle semble égarée dans ses pensées.

— Alors, vous avez vu le papillon géant, vous aussi ?

— Oui, la première nuit. Je cherchais de l'eau, j'étais désorienté. J'ai eu l'impression de faire un cauchemar éveillé. J'ai été pris de panique et, tout à fait par hasard, en courant sans savoir où j'allais, je suis tombé sur cet abri. Depuis, je ne m'en suis plus éloigné.

— Mais…, lance François à voix basse.

— J'ai essayé d'inspecter les environs pour trouver un moyen de quitter l'île, mais ils sont partout, ces insectes. Je les entends la nuit, ils ne rôdent pas très loin. Pendant la journée, c'est plus tranquille, mais dès qu'on s'enfonce dans la jungle, le bruit recommence. Au moins, avec la palissade, on ne risque rien. Ils ne sont pas capables de monter jusqu'ici. Je suis désolé, j'ai été lâche, j'aurais dû aller vous chercher.

— Donc, pas moyen de sacrer notre camp de cette île ? dis-je, désespéré.

— J'ai bien peur que notre seule chance ait coulé avec le bateau qui nous a amenés ici. Il y avait une radio à bord. C'était notre unique moyen de communiquer avec l'extérieur.

Devant le sérieux de la discussion, la face de François a changé de couleur.

— A… Attendez… Vous voulez dire que… enfin, on n'est pas ici pour le jeu?

— Le jeu? demande Jean-Pascal. *Tiki Tropical*?

— La caméra sur la plage, les épreuves, tout ça… ce n'était pas pour le jeu?

François tombe assis au bord de la source. Il est pâle comme un mort. Il se passe un peu d'eau dans le cou.

— Ça va, François? demande Émilie d'une voix douce.

— Alors, on est vraiment perdus?

— Tout autant que celui qui a séjourné dans cette grotte il y a de nombreuses années.

— Pas à notre époque, dis-je en constatant ce qui reste du mobilier. Ça doit avoir au moins cent ans, tous ces vieux cossins.

— Plus que ça, rétorque Jean-Pascal.

En voyant les vieilles lampes à l'huile, le coffre et le tas de bouteilles vides, j'ai vraiment l'impression d'être dans un repaire de pirates. Je me demande bien comment ce type est arrivé ici.

— En tout cas, il devait noyer sa solitude dans la boisson, fait remarquer Émilie en observant les nombreuses bouteilles qui traînent dans un coin.

— Il ne s'en servait pas pour boire, explique l'animateur en saisissant une bouteille qui contient un petit papier roulé. Lui non plus n'avait pas de radio à sa disposition.

Émilie fait sortir le bout de papier par le goulot.

Ceci est peut-être mon dernier message, mon âge ne me permettra bientôt plus de tenir cette plume. Le temps a passé depuis le jour où j'ai échoué sur cette île avec le reste de l'équipage. Je n'ai plus grand espoir de revoir, un jour, ma terre natale. Je crains de ne jamais être secouru. C'est presque par habitude que j'écris cette lettre. Pour tuer l'ennui et la peur. Cette peur qui ne m'a pas quitté une seconde depuis que j'ai mis les pieds ici.

Je suis un des seuls survivants du navire français Le Brigantin. À l'insu de tout l'équipage, notre capitaine a mené notre vaisseau jusqu'à cette île en bravant une tempête qui a fait sombrer notre bateau. D'après les documents que j'ai trouvés dans sa cabine, je pense être sur une île nommée Avatere. Notre commandant était à la recherche de quelque chose de grande valeur... Je n'en sais pas plus. Tout ce que j'ai découvert à ce sujet est un plan de l'île montrant le chemin allant d'un village indigène, situé au centre, vers un temple caché plus haut dans la montagne.

Une partie des membres de notre équipage est décédée lors du naufrage. Les autres ont été capturés par la peuplade qui vit ici. Notre capitaine et moi avons pu nous échapper alors que les indigènes semblaient préparer un sacrifice avec nos camarades. Peu après notre évasion, le capitaine a disparu. Je le soupçonne d'avoir repris la mer avec le dernier canot fonctionnel. Que Dieu ait son âme !

Cela fait trop longtemps que je suis dans cet endroit. Trop longtemps pour comprendre si les créatures que j'ai vues ici sont réelles ou non. Trop longtemps pour savoir si je suis vivant ou plongé dans l'enfer pour l'éternité. Car, oui, s'il existe un enfer, il ne peut pas être pire que cet endroit.

Mon calvaire tire sans doute à sa fin. J'ai l'impression d'être un des derniers humains sur cette île. Au fil des années, la peuplade qui vivait en ces lieux a lentement disparu. Je crains que ces gens n'aient attrapé une maladie que les hommes de notre équipage ont dû leur léguer. C'est bien peu de chose comparativement à ce que ces indigènes ont fait à mes semblables. Qu'ils payent le prix de leurs actes de sorcellerie, ils l'ont mérité !

Si j'écris ces quelques lignes pour les vivants, si, au-delà des mers, quelqu'un lit ce message, ayez pitié d'une âme perdue, priez pour moi...

Commandant en second,
Antoine d'Alby
(1er janvier 1886)

Silence dans la grotte. Il y a rien de super trippant dans ce message. On est pas les seuls à avoir échoué sur cette maudite île et ceux qui ont atterri ici avant nous ont pas eu un sort bien le *fun*. J'essaye de briser le silence. Je m'adresse à l'animateur :

— Combien de temps tu crois qu'il est resté tapi dans cette grotte ?

Jean-Pascal me fait signe de regarder le mur derrière lui. Au premier abord, j'y comprends pas grand-chose. Tout ce que je vois, c'est un ramassis de petits traits. D'abord, il y a six lignes verticales barrées de biais par une septième. Ensuite, quatre de ces groupes de lignes sont encadrés de parenthèses. Enfin, douze de ces groupes sont réunis par un grand cercle marqué d'un X et suivi d'un petit dessin représentant une bouteille. J'essaye d'interpréter ce que je vois. Sept, quatre, douze… Jours, semaines, mois et, à la fin de chaque année, le marin jetait une bouteille à la mer. Ces traits, c'est un calendrier. Mais si c'est un calendrier…

Un frisson me glace le sang en voyant le mur inondé de traits noirs. Émilie, debout à côté de moi, est livide. Elle tente de balbutier quelques mots.

— Il… il est resté ici… ici… pendant vingt-deux ans…

* * *

La soirée a été maussade. Jean-Pascal a fait un feu avec le matériel que d'Alby a laissé sur place. On a mangé de la noix de coco et quelques cerises de Cayenne. Pas vraiment la petite veillée autour du feu à chanter des *tounes*. Émilie avait pas l'air trop mal. Depuis que l'animateur lui a confirmé qu'elle s'était pas trompée, elle semble avoir plus confiance en elle. Et puis, c'est la première fois que je la vois se nourrir comme du monde! Enfin, je veux dire, c'est sûr qu'on a pas grand-chose à se mettre sous la dent, mais, aux autres repas, elle avalait presque rien, comme si elle calculait toutes les calories qu'elle avalait. Ici, c'est comme si elle y pensait pas.

D'après l'animateur, nous sommes quelque part entre l'archipel polynésien et les îles Cook. La batterie du navire étant presque à plat lorsqu'on est arrivés, il a pas pu localiser précisément notre position. Une chose est certaine: il y a pas grand trafic dans ce coin-ci de l'océan.

Émilie a interrogé Jean-Pascal au sujet de la batterie du bateau. Il était pas au courant qu'elle avait disparu. D'après lui, elle est sûrement tombée après le choc sur les récifs.

François, lui, va de mal en pis. Il a pas encore retrouvé ses couleurs d'origine et, depuis qu'il a vu le mur du marin, il est complètement *down*. Il arrive pas à croire qu'il s'est trompé à ce point-là. Émilie se moque un peu de lui pour lui remonter le moral, mais c'est pas *yâbe* mieux.

Émilie vient s'asseoir à côté de moi pendant que je sculpte mon petit morceau d'obsidienne.

— Toujours en train de préparer ta chasse au gros gibier ?

— Pas sûr que ça serve à quelque chose, finalement…

— Comment tu vas ? Pas trop de courbatures depuis ta chute ?

— J'ai été bien chanceux. Et puis, si on avait été dans un jeu, après mes deux chutes de la journée et la perte de nos réserves de fruits, j'étais certain de ne pas être là demain matin.

Émilie rit de bon cœur.

— Sans compter ta manière de pousser François à escalader la palissade !

Je rigole à mon tour.

— Pourquoi tu t'es inscrit à ce jeu, au fond? Juste pour le défi? me demande-t-elle.

— Crime, non! Pour le *cash*, évidemment!

Émilie semble un peu déçue de ma franchise. J'essaye de me justifier.

— Cent mille dollars… De quoi me payer des ordinateurs super puissants pour faire tourner les meilleurs jeux! Le rêve, quoi!

— Ah ouais! lance-t-elle, dédaigneuse. Tu es vraiment branché jeux vidéo, toi! Le genre à passer des heures devant ta machine à trucider des mutants à la scie à chaîne!

Sa remarque me fait ni chaud ni froid. Encore une de ces filles qui ont une idée toute faite des *gamers*.

— Bon, je vais aller boire un coup, m'annonce-t-elle pour mettre fin à la conversation.

— Attends! Pourquoi ça te dérange que je joue à des jeux vidéo?

Émilie a pas très envie de poursuivre la discussion.

— Bah! Je ne sais pas, il me semble qu'il y a mieux à faire dans la vie, non?

Je lui fais signe de se rasseoir.

— J'habite dans un quartier pas très commode de Montréal-Nord. Toi, tu viens de la banlieue de Québec, non ?

— Et alors ?

— On doit pas t'achaler beaucoup quand tu marches dans la rue.

— Je ne vais pratiquement jamais marcher dans la rue, je déteste le plein air.

— Enfin, soit. Moi, quand je sors de chez moi, je me fais racketter, on me propose de la drogue ou on essaie de m'enrôler dans un gang de rue.

— Quel rapport ? C'est pour ça que tu ne décroches pas de ton écran ?

— J'ai quinze ans, je sais me défendre et dire non, mais imagine ce qui arrive lorsqu'un p'tit pit de neuf ou dix ans qui s'ennuie dans son quartier se fait offrir la même chose.

— Je ne vois pas où tu veux en venir.

— Quand t'es seul dans un quartier comme le mien et que t'as pas de parents pour t'emmener dans un beau parc fleuri la fin de semaine, t'es une proie super facile pour toutes sortes de gens pas trop fréquentables. Prostitution, drogue, gang. Je peux t'en citer toute une liste d'épicerie.

— Excuse-moi, mais la question, au départ, c'était: Pourquoi tu t'es inscrit à ce jeu?

— Si j'avais participé à ce jeu et si j'avais gagné, une partie de l'argent aurait servi à louer un local dans lequel j'aurais monté de super bons ordis pour pouvoir jouer en réseau et regrouper les enfants de mon quartier autour d'un projet collectif. Je suis tanné de voir des p'tits culs se faire proposer du pot à tous les coins de rue.

— Ah ouais! Tu veux les retirer des violences de la rue pour les balancer devant des violences à l'écran? résume Émilie.

Son cas me désespère légèrement.

— Évidemment, toujours les mêmes niaiseries!

— Ben quoi, c'est super violent, les jeux qu'on voit!

— Bien sûr qu'il y a des jeux violents, mais théoriquement ils sont destinés aux adultes, c'est marqué en gros sur les boîtes, cibole! Il existe une couple d'autres *games*, adaptés à tous les groupes d'âge, qui aident à établir des stratégies, à développer les réflexes et surtout, depuis qu'on peut jouer en équipe, à améliorer la collaboration. Je crois que les jeux vidéo sont un outil super puissant pour renforcer l'esprit d'équipe, se faire de nouveaux *chums* et apprendre à se connaître. Rien à voir avec cette téléréalité niaiseuse!

Émilie sait plus quoi dire.

— Ah... eh bien... En tout cas, tu sais argumenter. Ton idée est vraiment originale.

— Je me suis dit que *Tiki Tropical* était un moyen bien plus rapide d'amasser des fonds que d'aller faire du porte-à-porte pour vendre du chocolat. Sauf que ça se réalisera pas, puisqu'on est pas à la bonne place.

— Désolée...

Pour me tirer de ma morosité, Émilie me donne un petit coup de coude et me fait signe de regarder Jean-Pascal, vautré dans un vieux hamac, en train de lire un livre au format poche.

— Qu'est-ce que vous lisez? demande Émilie.

— Oh, euh... ça doit être le journal de bord d'Antoine d'Alby. Je l'ai découvert dans ce qu'il reste de ses affaires. Enfin, c'est surtout un carnet d'illustrations.

— On peut voir? dis-je, curieux.

L'animateur nous tend le livre.

Le carnet d'Antoine d'Alby commence par de beaux dessins de la jungle, des animaux, des fleurs ainsi que de l'épave du *Brigantin*. Une deuxième section rassemble des annotations, des esquisses révélant des détails que le marin a dû observer dans la jungle pendant son séjour. On y voit des indigènes, la statue en forme de papillon qu'on a croisée. Enfin, la troisième partie est un ensemble de croquis de créatures épouvantables. Elles ressemblent au gros papillon de nuit qui nous a poursuivis tout à l'heure. Elles ont la même allure, ce quelque chose d'humain qui les rend si inquiétantes.

Émilie, qui est penchée au-dessus de moi, a pas l'air trop dans son assiette.

— Cette créature était déjà là il y a plus de cent ans !

— Et *a priori,* elle a tué une partie de l'équipage du *Brigantin*, renchérit Jean-Pascal.

Je regarde les dessins de plus près.

— Il y en a pas qu'une, dis-je, sûr de moi. *Checkez* ces dessins, ils sont tous différents. Depuis que ces choses sont implantées sur l'île, elles doivent avoir eu le temps de se reproduire en masse. Il doit y en avoir des centaines.

— Elles sont peut-être responsables du dépeuplement de l'île. D'après ce que j'ai pu voir, à part nous, il n'y a plus personne, déclare l'animateur.

— Faut vraiment qu'on parte d'ici au plus vite, *man*. Je suis pas venu pour servir de sushi à un papillon mangeur d'hommes.

— Du haut de la palissade, on aperçoit l'horizon. On peut juste espérer qu'un bateau passe au loin, soutient Jean-Pascal. À part ça, pour l'instant, je ne vois pas d'autre solution.

— Il y en a une autre, assure Émilie.

Jean-Pascal et moi sommes étonnés par sa déclaration.

— Qu'est-ce que tu veux dire ?

— Elle veut dire qu'il faut aller chercher l'émetteur-récepteur portatif que Dimitri a caché sur la plage, lance François de l'autre bout de la caverne.

— Comment tu sais ça ? demande Émilie, ébahie.

— J'ai regardé son confessionnal…

— Espèce de…

J'empêche Émilie de se jeter sur François.

— Juste le sien, je te jure. C'était pour vérifier si l'enregistrement marchait…

— Mais oui, bien sûr…

— Vous avez pu mettre la main sur la radio portable ? se réjouit Jean-Pascal.

— Jade a pu la récupérer, précise François. Le plus dur va être de mettre la main dessus.

— Pantoute, rétorque Émilie, je sais où elle est !

— Dimitri n'avait pas confiance en toi, elle n'est pas à l'endroit qu'il t'avait indiqué.

— Quoi ?

— Si on veut retrouver la radio, va falloir fouiller les abords de la plage au grand complet.

— Ça fait large pas mal, *man* !

— Le vrai problème dans tout ça, c'est qu'on a perdu trois de nos camarades sur cette plage. Les créatures savent que nous y sommes installés. Si on entreprend des fouilles là-bas, on risque d'avoir de la compagnie.

Confessionnal de François

Je pense que je viens de marquer des points. La fille et Samuel ont pris la poudre d'escampette après avoir vu le machin qui ressemble à un papillon. Avec un peu de chance, ils doivent s'être perdus dans la jungle. Moi, je n'ai pas eu peur d'une bestiole en plastique. J'ai emprunté le chemin qui m'apparaissait le plus approprié et voilà, je suis arrivé avant tout le monde devant cette falaise qui semble mener vers un endroit aménagé, sans doute par la production. J'ai de bonnes bases en orientation, je viens de le prouver. Quand vous, cher jury, aurez à voter ce soir, ne l'oubliez pas. Dans ce genre de jeu, ce ne sont généralement pas ceux qui manquent de cran qui accèdent à la finale. Il vous faudra choisir entre le meilleur des deux pour m'affronter. Vous avez deux choix :

Émilie. Émilie, qu'est-ce qu'elle fait ici, elle ? Me semble qu'elle aurait mieux fait de participer à un tournoi de Scrabble. Je veux dire… Enfin, ce n'est pas trop le genre de fille avec qui je m'entends, c'est sûr. Elle n'a sans doute pas que des défauts, mais disons qu'ici, elle n'est pas trop à la hauteur. Je ne sais pas ce qui leur est arrivé, à elle et Samuel, après leur fuite dans la jungle. Ils ont eu peur d'un trucage ! Ça m'étonne de Samuel, je le croyais plus solide que ça.

Samuel. Désolé, je ne peux pas te laisser l'emporter. Pas maintenant que tu te rallies à la fille pour pouvoir m'éliminer plus facilement. Je vais tout faire pour que ça n'arrive pas. Par contre, en finale, je pense que tu ferais un adversaire à la hauteur.

Le choix ne me semble pas trop difficile à faire.

J'ai besoin de gagner. Je ferai tout pour y parvenir.

Je n'ai pas encore parlé des raisons pour lesquelles je me suis inscrit à ce jeu. Je crois qu'il est temps que les téléspectateurs sachent pourquoi je suis ici.

J'ai un petit frère. Il a sept ans. Je l'aime de tout mon cœur. Nos parents font tout pour nous. Ce sont des parents parfaits, je crois qu'il n'y a pas d'autre qualificatif. Mon père et ma mère ont beau être aux petits soins pour nous, ils ne peuvent pas grand-chose contre la maladie. Il y a quelques mois, mon frangin a été diagnostiqué leucémique. Mes parents sont épuisés. Ils ne travaillent plus pour être aux côtés de mon frère. Mon père a perdu sa *job* à cause de ses absences répétées. Ma mère touchait déjà un salaire médiocre. Je veux les aider. Je peux le faire, j'en suis convaincu. Si je parviens à gagner ce jeu, ils n'auront plus de soucis financiers. Avec l'argent que j'empocherai, je serai capable de subvenir seul aux besoins de ma famille, le temps nécessaire. Faut que je termine premier, faut que le jury vote pour moi. C'est un appel à l'aide que je lance, un S.O.S. envoyé de cette île. Vous pouvez changer les choses. Aidez ma famille.

ÉPISODE 4

Jade

Il fait froid. Le feu s'est éteint tôt ce matin. Je n'ai pas encore eu le courage de le ranimer. Je ne sais plus si les choses se passent comme prévu. Je somnole, impossible d'avoir les idées claires.

Je grelotte dans mon coin en essayant de rallumer le feu avec quelques brindilles. Tout cela vaut-il vraiment la peine?

J'ignore ce qui est arrivé. François, Samuel, Émilie, tous ont disparu. Quand je suis revenue au campement, hier matin, il n'y avait plus personne. Ils sont partis avec une bonne partie du matériel. Où? J'aimerais bien le savoir. Je ne pense pas avoir la moindre chance de les retrouver dans cet enfer. Je les ai cherchés un peu hier, dans le courant de la journée, près de la plage, mais en vain. Quel rôle dois-je jouer dans tout ça ? Je n'en sais trop rien.

Je me blottis en petite boule à côté du feu qui me réchauffe sommairement. Qu'est-ce qui m'a pris de m'inscrire à ce jeu stupide ? L'idée était ridicule.

Je me repose encore ainsi une heure ou deux. Le soleil se lève juste devant moi. C'est un spectacle magnifique. Chaque couleur du spectre se démarque parfaitement dans un ciel immense. La plage prend des teintes de bleu et de rose. Je commence à sentir la chaleur bienfaisante sur mon corps endolori par le froid.

Je suis dans un demi-sommeil. J'entends des voix qui discutent dans le lointain. Je me frotte les yeux pour m'extirper entièrement de ma torpeur. Je m'étire.

Silence.

Ça recommence. Les voix sont toujours là. Je profite de la belle lumière naturelle sur la plage pour jeter un œil autour de moi. Personne. L'endroit est désert.

Je panique. Qu'est-ce que c'est que ces voix que j'entends marmonner ? Je crie :

— Il y a quelqu'un ?

Plus un bruit. Des oiseaux s'envolent au loin. Le silence est vraiment inquiétant.

— Ohé! Est-ce qu'il y a quelqu'un?

Toujours rien.

Des broussailles se secouent frénétiquement vingt mètres devant moi, juste à l'entrée de la jungle.

— JADE!

Je reconnais cette voix immédiatement. Rien n'aurait pu me faire plus plaisir.

— Émilie!

Émilie et François apparaissent sur la plage. Je suis tellement contente de les voir. Je les enlace tous les deux.

— On pensait que tu avais disparu avec Maria-Elena, déclare Émilie.

— Où t'étais passée? demande François, intrigué.

— Et vous? J'ai bien cru que vous aviez subi le même sort que les autres concurrents.

— On a retrouvé Jean-Pascal à peu près au centre de l'île. Il a déniché un meilleur abri avec une source d'eau.

— Vous avez de l'eau? dis-je, émerveillée.

— Tiens, bois, propose Émilie en me tendant une bouteille.

J'avale une grande gorgée. Wow! Ça remet les idées en place. Il est temps de reprendre mon rôle.

— Samuel est resté avec Jean-Pascal?

François ne sait pas quoi dire.

— Non, Samuel… Enfin…

— Ce matin, quand nous nous sommes réveillés, il n'était plus là, explique Émilie. J'ignore ce qui a pu se passer. Il savait pourtant, après avoir croisé cette créature, hier, qu'il ne devait pas quitter l'abri seul. Surtout en pleine nuit. C'est comme si le même phénomène se reproduisait chaque nuit et qu'on ne pouvait rien y faire.

— Ah! dis-je, désappointée. Alors, vous les avez vues, vous aussi.

— Elles ne t'ont pas attaquée, au moins?

— Non, non, je ne crois pas que ces choses auraient pu m'attaquer.

— Ne crois pas ça, lance François. Ces monstres ont décimé l'équipage d'un bateau il y a une centaine d'années.

— Comment savez-vous tout ça?

— Il y a des traces laissées par un naufragé dans la grotte où on s'est installés. On a pu reconstituer certains événements.

— Je suis vraiment contente de t'avoir retrouvée, dit Émilie, qui se remet de ses émotions. Moi qui ai cru, un moment, que tu avais été éliminée à cause du briquet!

— Comment ça, le briquet? demande François.

— Hum… Disons que j'avais gardé un briquet récupéré sur le bateau, histoire d'assurer mes arrières. Je ne suis pas si mécontente de moi, finalement.

— Pas très *fair-play* comme façon de faire. Donc, à un moment, tu as douté…

— Qu'est-ce que ça peut faire? J'ai encore le droit de me poser des questions, non? Pourquoi êtes-vous revenus sur la plage?

— Faut qu'on retrouve la radio portative. C'est le seul moyen qu'on a d'appeler du secours.

— Dimitri t'a dit où elle était, n'est-ce pas?

— C'est là tout le problème. D'après François, il m'a menti.

— Comment tu sais ça, toi?

François hausse les épaules, visiblement décidé à ne pas me répondre.

— Il n'est pas trop *fair-play*, lui non plus, précise Émilie.

— Alors, elle est où?

— Quelque part sur la plage…

J'observe la plage sur toute sa longueur. Ça fait une sacrée superficie.

— On sera morts de vieillesse avant d'en avoir fait le tour! Surtout si on n'a pas le moindre indice.

— Quoi? Tu as d'autres choses prévues au programme? Tu veux qu'on te rappelle plus tard? raille François.

— Ne t'inquiète pas, je devrais pouvoir trouver une minute ou deux entre ma manucure et mon cours de *scrapbooking*, dis-je en renvoyant la balle à mon interlocuteur.

Une bonne partie de la matinée est donc consacrée à inspecter la plage de fond en comble. Chouette exercice! Nous nous dispersons sur près de un kilomètre en passant chaque recoin au peigne fin. Après plusieurs heures de recherches vaines, on se retrouve près du feu.

— On n'y arrivera jamais, désespère François. Elle peut être n'importe où.

— J'ai fouillé dans le sable, dans les herbes, en hauteur, rien, pas la moindre trace, raconte Émilie.

— Il doit forcément l'avoir mise quelque part, dis-je en essayant de remotiver l'équipe. Faut continuer à chercher.

— Bonne idée! Tu n'aurais pas un *bulldozer* ou deux, histoire de retourner tout le sable de cette satanée plage? ironise François en tendant les bras pour nous rappeler l'immensité de l'endroit.

Je ne relève pas sa remarque; il semble bien décidé à nous mettre de mauvaise humeur. Je m'adresse plutôt à Émilie et lui demande pour la dixième fois:

— Où t'avait-il dit qu'il la laissait? Réfléchis!

Émilie montre de nouveau un endroit à cinq cents mètres de nous, près de gros rochers qui s'enfoncent dans la mer. Elle semble certaine de ce qu'elle avance.

— Il m'a indiqué qu'il la ferait sécher là-bas, au soleil, loin des regards indiscrets.

— On a déjà cherché de ce côté, rappelle François. Et puis, de toute façon, il a admis qu'il l'avait mise ailleurs.

— Peut-être qu'il a laissé un indice, dis-je à tout hasard.

— Et pourquoi il aurait fait ça ? Il voulait être le seul à savoir où elle était, fait remarquer le garçon.

— Précisément parce qu'il n'a jamais cru qu'on était dans un jeu et, partant de ce principe, qu'il a supposé que tout pouvait arriver.

— Ça ne coûte rien d'aller y refaire un tour, suggère Émilie. De toute manière, on est ici pour ça.

Notre petit groupe se met en route. Les mines sont basses. François ne semble pas ravi de m'avoir retrouvée. C'est comme s'il me soupçonnait de quelque chose. Je n'apprécie pas son attitude. Je crois que nous avons plus besoin d'encouragement que de chamaillerie.

Notre marche se fait dans le plus grand calme. À l'horizon, le ciel s'obscurcit, et il fait un peu plus frais que les autres jours. Le doux soleil de ce matin semble vouloir aller se blottir dans un nuage.

J'ai beau nous savoir naufragés, je ne peux pas m'empêcher d'admirer l'endroit magnifique où nous avons échoué. Et puis, je me sens déjà mieux que ce matin. J'ai retrouvé deux membres de notre équipe. C'est *cool*.

Arrivés sur les rochers escarpés, nous entreprenons immédiatement les recherches. L'exercice s'annonce plus compliqué que prévu. Le terrain est difficilement praticable et l'indice que nous cherchons, si indice il y a, peut se trouver n'importe où.

François a changé depuis qu'il a eu une conversation avec Jean-Pascal. Maintenant qu'il est convaincu que nous ne jouons pas à un jeu, on dirait que ce n'est plus la même personne. Il est d'une humeur massacrante.

— On n'a pas la moindre chance, voyons! On cherche n'importe quoi, n'importe où. C'est ridicule!

— Tu as une meilleure idée? dis-je en essayant de lui remonter un peu le moral.

— Améliorer notre abri, aller pêcher, quelque chose qui nous occuperait de manière un peu plus intelligente.

J'éclate de rire.

— Et on fait comment pour sortir de cette île ? On espère qu'un joli bateau se pointe à l'horizon et on lui fait signe avec un mouchoir ?

— Je ne voudrais pas te décevoir, mais on risque d'attendre longtemps avant qu'un bateau se pointe à l'horizon ! Le dernier résident de cette île a poireauté vingt-deux ans sans rien voir passer.

— Hé ! Venez ici ! nous interpelle Émilie, qui est un peu plus loin.

Nous allons rejoindre notre amie en tentant de ne pas tomber.

Émilie nous montre un petit dessin sur la roche. On dirait un bateau avec une flèche indiquant une direction.

— N'importe qui peut avoir fait ça, ce n'est pas forcément Dimitri ! Et puis, ce n'est pas la radio qui est dessinée, rétorque François.

— Drôle de coïncidence, n'empêche, lui fais-je remarquer.

— On devrait suivre l'indication, suggère Émilie. Qu'est-ce qu'on a à perdre ? On verra bien où ça mène.

— Hé ho! lance François. Toi qui avais toutes les misères du monde à t'engouffrer dans la jungle il y a deux jours, te voilà prête à foncer vers l'inconnu? Qu'est-ce qui nous vaut ce changement d'attitude?

— Et toi, qu'est-ce qui nous vaut ton changement d'attitude? J'essaye juste de mettre toutes les chances de notre côté.

— Si on avait eu de la chance, on ne serait pas plantés ici, au milieu de nulle part, mais bien sur la bonne île.

J'observe les deux guignols se chamailler pour une niaiserie.

— Bon, vous avez fini? On peut y aller?

Notre marche reprend. Beaucoup plus longue que la précédente, d'autant que nous ne savons pas exactement ce que nous cherchons. Émilie en profite pour m'expliquer ce qu'ils ont découvert sur l'ancien résident de la grotte et me parle de Samuel. Je pense que, inconsciemment, elle y est un peu attachée. Ils ont eu le temps de jaser pas mal, hier. Elle n'arrive pas à comprendre où il est passé. Je me rends compte, au cours de cette conversation, qu'elle en sait bien moins que je ne le croyais sur les papillons mutants qui peuplent cette île.

— Vous voulez dire que François et toi n'avez fait que croiser ces papillons dans la jungle ? Vous n'avez pas suivi Samuel, cette nuit, quand il a quitté la grotte ?

— Bien sûr que non, on dormait tellement profondément qu'on n'a rien entendu. Pourquoi tu me demandes ça ?

— L'autre nuit, quand Maria-Elena s'est levée, je ne dormais pas. Je l'ai vue s'engouffrer dans la jungle. Au début, je croyais qu'elle allait satisfaire un besoin, mais elle n'avait pas l'air en grande forme, elle donnait l'impression d'avoir des crampes d'estomac. Je me suis dit qu'il vaudrait mieux la suivre, juste au cas où elle aurait besoin d'aide. J'ai tenté de la prévenir que j'étais là. Je l'ai appelée à plusieurs reprises pour savoir si tout allait bien, mais c'était comme si elle ne m'entendait pas. On aurait dit une somnambule.

— Puis, les créatures sont arrivées, c'est ça ?

— Non, aucune créature n'est arrivée.

— Comment ça ?

— Un peu plus loin, elle a commencé à se sentir vraiment très mal. Elle était pliée en deux, toute pâle. J'étais assez proche d'elle pour qu'elle m'entende, mais j'avais beau lui proposer mon aide, elle ne réagissait pas.

— Et puis, tu as fait quoi? demande François, qui nous a rejointes.

— J'ai voulu m'approcher pour l'aider, mais j'ai été pétrifiée par ce qui a suivi.

— Les papillons, n'est-ce pas? suppose Émilie.

— Maria-Elena a commencé à vomir une sécrétion blanchâtre.

— Pas obligés de connaître les détails sur la palette de couleurs de sa gastro! marmonne François.

— Si, justement, dis-je. Ce n'était pas du vomi, mais plutôt une sorte de bave filandreuse. Je n'avais jamais vu ce genre de maladie. En fait, je ne suis pas sûre que ce soit véritablement une maladie.

— Quoi alors?

— Je suis restée figée ainsi un très long moment avant de reprendre mes esprits. Assez longtemps pour comprendre que Maria-Elena n'était pas en train de régurgiter son repas, mais bien d'utiliser cette sécrétion pour façonner un cocon. Un cocon assez grand pour la contenir tout entière.

François et Émilie restent bouche bée. Ils sont tous les deux d'une pâleur cadavérique.

— Es-tu en train de nous dire que… ? bredouille Émilie.

— Que le monstre que vous avez croisé dans la jungle n'a pas gobé un de nos amis, mais que C'EST un de nos amis !

* * *

La marche est longue et c'est à se demander si elle va donner des résultats. Mes deux compagnons ne sont pas très enthousiastes. Le ciel est gris.

— Faut qu'on trouve le moyen d'appeler du secours, répète sans cesse Émilie. Si Dimiti, Samuel et Maria-Elena sont vivants, il est peut-être encore possible de les sauver.

— Et qu'est-ce que tu crois qu'on fabrique ? demande François sur son ton arrogant. Ça fait des heures qu'on marche sur cette plage pour essayer de dénicher une radio qu'on ne trouvera certainement jamais. Des fois, je me dis que j'aurais dû étrangler Jean-Pascal, hier soir !

— Qu'est-ce qui te prend ? s'insurge Émilie.

— Non, mais c'est vrai, quoi! Il nous promet un jeu, la célébrité, la richesse, et on se retrouve perdus sur un caillou parce que monsieur n'est pas capable de manœuvrer un bateau. Faut quand même être pas mal niaiseux!

— Désolée si tes idées de grandeur ne sont pas assouvies, mais Jean-Pascal ne l'a sûrement pas fait exprès, rétorque Émilie. Au contraire, il a même fait ce qu'il pouvait pour nous sortir de là vivants.

Je laisse les deux bougonneux ensemble. Ils me fatiguent à se crêper le chignon sans arrêt. Je prends les devants, car je veux aller voir à quoi ressemble la crique que nous sommes en train de contourner depuis une dizaine de minutes. En m'aventurant un peu plus près de la falaise haute d'une vingtaine de mètres, je découvre enfin ce que nous cherchions. Je fais signe aux deux autres d'approcher. Émilie et François me rejoignent.

Dans le creux de cette petite enclave gît l'épave toute moisie d'un bateau littéralement coupé en deux. Il ne reste que la partie arrière avec un seul mât. Le reste a dû être pulvérisé sur les rochers. Il y a de vieux morceaux de bois éparpillés un peu partout.

— Ce ne serait pas le navire de votre naufragé, par hasard? demandé-je aux deux autres.

— *Le Brigantin!* s'exclame François.

Je leur montre un accès facile à la plage.

— C'est pas trop escarpé par là, on peut descendre sans risque.

Nous nous précipitons vers le passage en pente douce.

Dix minutes plus tard, nous sommes devant l'épave dont il ne reste pratiquement rien, et ce qu'il en reste est franchement en mauvais état.

— Et vous pensez vraiment que Dimitri a fait tout ce chemin pour cacher la radio? s'étonne François.

— En tout cas, s'il est arrivé jusqu'ici, ça ne devait pas être avec une tête comme la tienne, sans quoi il se serait certainement enfargé dans sa baboune! La roche indiquait bien un bateau. De ce point de vue là, on est corrects, dis-je en essayant de motiver la troupe.

Émilie semble plus perturbée par le ciel que par l'épave.

— Qu'est-ce que tu as?

— Le ciel est en train de se couvrir. Je crois qu'on va avoir de la pluie.

— Et alors?

— Il va faire sombre plus tôt que prévu. Faut pas oublier que nous devons rentrer à la grotte. Or on en est assez éloignés.

— Raison de plus pour ne pas traîner et passer rapidement cette épave au peigne fin.

Nous grimpons tous les trois sur le pont qui, vu la position du bateau, est très incliné. Émilie et moi nous dirigeons vers les cabines pendant que François inspecte le pont.

— François a perdu pas mal de son tempérament depuis deux jours! dis-je à Émilie en fouillant l'épave.

— Depuis que Jean-Pascal nous a confirmé que nous ne sommes pas dans un jeu, il n'est vraiment plus le même. On était habitués à un gars fonceur et arrogant, mais maintenant il est râleur et arrogant. Je crois qu'il se faisait beaucoup d'illusions. Il a passé la soirée d'hier à grogner dans son coin. Ce matin, quand on a vu que Samuel avait disparu, il était presque aussi mal que moi.

Je regarde Émilie avec mon plus beau sourire pour lui remonter le moral.

— On va essayer de garder espoir ensemble, d'accord ?

— Mouais, marmonne-t-elle.

— Regarde ce que je viens de dénicher, dis-je en lui montrant un coffre que j'avais repéré depuis un moment dans le fond de la cabine principale.

— Tu crois que Dimitri a pu cacher la radio là-dedans ?

— L'endroit me semble idéal !

Nous essayons d'ouvrir la boîte en bois. Rien à faire. Elle est bien verrouillée. François arrive à l'intérieur au moment où nous nous apprêtions à l'appeler.

— Argh… rien trouvé dehors. En plus, il commence à pleuvoir.

— Viens nous donner un coup de main, on essaye d'ouvrir ce machin.

François s'obstine pendant dix bonnes minutes avec le coffre. Rien à faire. Je plaisante :

— J'aurais dû emporter un ouvre-boîte !

— Quoi ? Tu n'as pas la clé, cette fois-ci ? me demande le grincheux.

— Comment ça, cette fois-ci ?

Je ne comprends pas sa remarque. François me regarde avec un sourire qui ne présage rien de bon.

— Cette radio portative que nous cherchons, c'est toi qui l'as trouvée sur le bateau, n'est-ce pas ?

— Et alors ?

— Tu savais exactement où elle était, tu avais même la clé pour ouvrir le coffre qui la contenait. Comment tu expliques ça ?

Du coup, je saisis pourquoi François me lance des regards suspicieux depuis cinq minutes.

— Qu'est-ce que tu racontes ? demande Émilie.

— Je n'invente rien, c'est Dimitri qui l'a indiqué dans son confessionnal. Elle a prétendu qu'elle avait trouvé la radio sous une bâche, or la radio était dans un coffre. Quand on lui a dit tout à l'heure que Jean-Pascal était encore en vie, c'était comme si elle s'y attendait. Faudrait peut-être un peu éclaircir la situation, non ?

Je suis prise au dépourvu. Qu'est-ce qu'on me reproche, au juste ?

— Tu délires. Dimitri m'a peut-être vue fouiller dans un coffre sur le bateau, c'est possible. Il y avait des clés dans la cabine, j'ai vérifié ce qu'elles ouvraient, mais la radio, je l'ai trouvée sous une bâche ! Et si je n'étais pas étonnée pour Jean-Pascal, c'est parce que... je gardais espoir qu'il ait pu s'en sortir.

François ricane.

— Ouais, ouais, c'est ça...

— Faut trouver ce qui sert de clé à ce coffre. Il doit y avoir un mécanisme quelconque, intervient Émilie en inspectant la boîte.

— Il y a une cavité sur la face avant. Elle doit avoir son utilité, dis-je.

— Ça a la taille d'une petite poulie, fait remarquer le garçon, qui a mis sa rancœur de côté.

J'annonce, découragée :

— Il risque d'y en avoir pas mal, sur un bateau ! C'est ce que les marins utilisent pour monter les voiles, non ?

— Au moins, on sait ce qu'il faut chercher, constate François avec un enthousiasme très modéré.

Nous nous mettons tous les trois à fouiller chaque recoin des cabines. Après un bon quart d'heure, nous avons réuni une dizaine de poulies de toutes sortes qui traînaient un peu partout dans le bateau. Rien à faire, on a beau les essayer une après l'autre, aucune n'est de la bonne dimension.

— On fait fausse route, lance François. Dimitri n'a pas laissé la radio ici !

— Qu'est-ce qui te fait penser ça ?

— Simple intuition. On l'aurait déjà trouvée !

— On a trouvé un indice qui indiquait un bateau dans cette crique. C'est tout ce qu'on a, fait remarquer Émilie. Alors, on est mieux d'être sûrs et certains avant de tirer des conclusions !

— C'est peut-être à l'extérieur, dis-je en désespoir de cause.

— Super chouette, ça, avec ce qui tombe dehors en ce moment, on va bien s'amuser ! peste le garçon.

Nous sortons sur le pont malgré l'humeur de François. Nous devons nous accrocher partout où nous pouvons tellement les planches de bois du navire sont rendues glissantes. Nous inspectons les recoins de l'épave sous une pluie battante. J'observe la mer.

— On ne va pas pouvoir passer des heures ici. La tempête pousse les vagues plus près de nous. Si ça continue, le chemin par lequel nous sommes arrivés sera bientôt impraticable.

— Ouais, ben, s'il n'avait pas planqué ce machin, on ne serait pas là à se faire tremper pour rien !

Ça se présente mal, le ciel est sombre et il tombe beaucoup d'eau. On ne voit plus grand-chose.

— J'ai repéré des fanaux dans la cabine, tu as toujours ton briquet ? me demande François.

Je lui fais signe que oui et lui prête l'outil.

François entre quelques instants à l'intérieur, puis ressort équipé de matériel d'éclairage rudimentaire. Il s'occupe immédiatement d'allumer plusieurs petites lampes à l'huile sur le pont. Le bateau s'éclaire modestement.

Émilie regarde le ciel. Je lui secoue l'épaule.

— Qu'est-ce que tu fabriques ? Faut chercher la poulie sans traîner…

— Elle est là-haut, déclare-t-elle en nous montrant le sommet du mât.

François et moi jetons tous les deux un coup d'œil à l'endroit qu'elle indique.

— Il y en a des dizaines ! dis-je en voyant les restes de cordages tout mélangés et les poulies qui y sont accrochées. Comment on va faire pour les atteindre ?

— Par les cordes, évidemment ! lance Émilie en agrippant le cordage.

— Mais tu risques de te casser la figure, tout est détrempé. On serait mieux d'attendre.

— C'est grotesque, remarque François. Vous imaginez vraiment que Dimitri est monté là-haut pour cacher une poulie ? J'ai du mal à y croire.

Émilie se retourne vers François en le fusillant du regard.

— Et si, pour une fois, tu gardais tes suppositions pour toi? Ce dessin sur le rocher, c'est la seule piste que nous avons pour quitter cette île de malheur. J'ai bien l'intention de la suivre jusqu'au bout. Si, par chance, on trouve quelque chose d'utile, tu comprendras peut-être qu'il n'y a pas que ton point de vue qui compte.

— C'est tout à fait possible que Dimitri ait aperçu ce coffre ouvert et qu'il y ait mis la radio sans savoir qu'une fois la boîte refermée, faudrait trouver une poulie pour la déverrouiller, dis-je à mon tour.

François reste très sceptique.

— Si vous le dites…

Émilie attrape une échelle de corde pour s'agripper au mât.

— On ne peut pas attendre plus longtemps. Si la mer devient plus sauvage, on va être coincés ici. Ça ne me tente pas du tout.

François et moi, équipés d'un fanal, regardons Émilie grimper dans la toile de corde comme une petite araignée.

— Tu vois quelque chose?

— Des tas de poulies, mais ça ne doit pas être celles-là, crie Émilie. Celle qu'on cherche doit avoir quelque chose de différent.

— Surtout, fais attention où tu mets les pieds.

La petite araignée continue à progresser. Elle longe une verge pour atteindre un autre groupe de poulies situé plus à gauche.

La pluie tombe de plus belle, au point qu'il devient difficile de garder les yeux en l'air. Le ciel est de plus en plus sombre. Un orage gronde dans le lointain.

Soudain, j'entends un gros poc juste à côté de moi. François est plié en deux, une main sur l'œil.

— Qu'est-ce que tu as?

— Ces saletés de bestioles de papillons! Il y en a un qui a dû me prendre pour une ampoule, il m'a atteint en plein visage. Ces insectes sont presque aussi gros que des oiseaux!

— Fais voir.

François a toutes les misères du monde à ouvrir la paupière.

— Il ne t'a pas manqué. Tu vas être bon pour un œil au beurre noir.

— Je ne vois plus grand-chose.

J'entends Émilie qui appelle de la pointe de la verge.

— Je ne trouve rien, ici. Faut que j'aille voir plus haut.

Sur ces mots, je l'entends pousser un cri.

— Est-ce que ça va? demande timidement François.

— Je vais tomber! Venez m'aider…

François est complètement paniqué.

— Je… je ne peux pas… Je ne suis pas capable de monter…

— Quoi! C'est moi qui dois…? Tu es censé le faire! Enfin, je veux dire, c'est toi le gars, tu devrais faire preuve de bravoure, non?

— Je… je ne vois rien, Jade, tu as déjà oublié?

— Au secours! hurle Émilie.

J'essaie de m'encourager comme je peux en me répétant tout bas: «*Je ne risque rien, je ne risque rien…*»

Je grimpe. L'ascension est délicate, les cordages sont vraiment très glissants. Je me tiens comme je le peux. J'arrive rapidement à la première verge. Émilie est à la seconde.

— Émilie, tiens le coup, j'y suis presque...

— Vite !

J'entame le second étage. À mi-chemin, je vois Émilie pendre dans les cordages au milieu de la seconde verge. D'après ce que je peux distinguer, elle est retenue grâce à son genou et son coude qui sont emmêlés dans les cordes.

Arrivée sur la verge, j'essaye de la rejoindre en me glissant sur la pièce de bois à mon tour. J'avance lentement. Le moindre faux mouvement et je me retrouve une dizaine de mètres plus bas.

Je parviens enfin à sa hauteur.

— Essaye de me tendre ta main libre, dis-je.

Émilie s'exécute. Pas évident, il manque quelques centimètres. En plus, la pauvre est aveuglée par la pluie qui lui tombe sur le visage. Je m'étire un peu plus. Je touche les doigts de ma compagne, puis... je lâche.

Quelque chose me gêne. Une bestiole s'agrippe à mon visage. J'agite la main pour la dégager. Je finis par apercevoir l'insecte en question : un papillon de nuit.

Notre grimpeuse tient toujours le coup dans les cordes. Je regarde autour de nous. À cette hauteur, je peux voir le dessus de la crique, l'endroit par lequel nous sommes arrivés. Il est envahi de papillons de nuit.

Je me penche une nouvelle fois, faut absolument que je sorte ma compagne de ce mauvais pas.

— Accroche-toi, je te remonte.

Ça y est, nos deux mains sont l'une dans l'autre. Je tire. Cette fille n'est vraiment pas très lourde, je n'ai aucune difficulté à la soulever et à la remettre sur la verge.

Elle est instantanément gênée, elle aussi, par les insectes.

— On est en train de les attirer vers nous avec la lumière des torches.

Émilie se penche vers François pour tenter de le prévenir, mais il n'entend pas clairement ce qu'elle lui dit. La pluie tombe lourdement sur le pont du bateau et masque ses cris.

Émilie agite les bras d'un air dégoûté.

— Beurk, j'ai horreur de ces bestioles…

— Faut trouver la poulie.

— J'ai déjà inspecté toutes celles qu'il y a à cette hauteur, elle n'est pas ici.

Je jette un œil au-dessus d'elle ; au sommet du mât, il en reste quelques autres modèles.

— Là, regarde, la poulie qui est juste au milieu. On dirait qu'elle n'est pas faite pour accueillir des cordes, il y a un mécanisme à l'intérieur…

Même pas le temps de finir ma phrase, le petit corps fébrile d'Émilie est déjà en train d'escalader le mât avec une agilité remarquable. Mon amie manque de glisser à plusieurs reprises. L'affluence des papillons la dérange dans son ascension, mais elle tient bon. Je dois avouer qu'elle m'épate, je ne l'aurais pas crue capable d'un tel tour de force.

— Je l'ai ! me crie-t-elle du sommet.

Émilie ne met que quelques secondes à revenir à ma hauteur.

— Faut redescendre rapidement. Plus on met du temps, plus on risque d'attirer les gros papillons vers nous. Ça ne me tente pas de les croiser sur le chemin du retour.

Nous descendons à toute allure.

En bas, François est assailli par les insectes qui grouillent autour des points de lumière.

— Maudites bestioles, il y en a partout!

J'attrape un fanal et tire François par la manche. Nous nous abritons à l'intérieur de la cabine.

Une fois devant le coffre, Émilie tend la poulie à François. Il l'observe une seconde. On peut distinguer de petites roues dentées à l'intérieur.

— C'est le temps de croiser les doigts, marmonne-t-il en plaçant la clé dans son compartiment.

Il actionne le mécanisme. Un déclic se fait. Le couvercle s'ouvre.

Nous nous esclaffons tous les trois en même temps.

— Une carte?

Le coffre ne contient qu'un vieux morceau de papier tout moisi. Rien à voir avec la radio que nous cherchons. Émilie est désappointée. Elle souhaitait tellement trouver quelque chose qui lui redonne espoir.

J'inspecte précautionneusement le papier.

— D'après l'histoire que vous m'avez racontée, ça pourrait bien être la carte dont parle le marin. C'est le chemin qui mène au temple.

— Une carte, bon sang! Tout ça pour une carte sans la moindre valeur! se désole François. Aucune trace de la radio. Je savais que j'aurais dû rester à la grotte. On a perdu la journée pour une niaiserie!

— Écoute, faut pas désespérer, dis-je. On finira bien par trouver un moyen de quitter cet endroit.

— Hé! La petite comique, là. Il n'y a personne qui passe à proximité de cette maudite île. Tu ferais mieux de faire comme moi et de te dire qu'on est ici pour toujours!

— FRANÇOIS! explose Émilie. ÇA VA FAIRE! On n'a pas trouvé ce qu'on cherche, tant pis. Il y a forcément d'autres solutions. Tu as fait des erreurs de jugement, j'en ai fait aussi. Et après? Notre priorité, maintenant, c'est de rentrer à la grotte avant qu'il fasse nuit et qu'on soit attaqués par les gros papillons! Là-bas, on pourra réfléchir à la suite des choses.

François se tait instantanément sous les remontrances inattendues d'Émilie.

Même si la rage se lit sur son visage, au moins, il ne fait plus de remarques désobligeantes.

Dehors, la pluie s'est enfin calmée. Par contre, les papillons sont beaucoup plus nombreux que tout à l'heure. On redescend du pont en agitant nos mains pour les écarter, mais rien à faire. Il y en a tellement que les collisions sont fréquentes. Nous marchons sur les cadavres de plusieurs d'entre eux qui se sont brûlé les ailes dans les flammes des torches.

— Ah! Mais c'est qu'elles aiment ça, la lumière, ces bestioles-là, clame François. C'est comme si elles n'en avaient pas vu depuis des années. Hé! Vous, les gros maringouins poilus, j'ai une mauvaise nouvelle pour vous: votre nouveau voisin, c'est moi, et je n'ai pas l'intention de me faire achaler par tous ceux de votre race, O.K.? Et si vous avez besoin de lumière, vous avez juste à sortir le jour…

Une fois à l'écart de l'épave, Émilie et moi nous regardons, sceptiques, en voyant François délirer dans le nuage de bestioles.

— Qu'est-ce qu'il fabrique? demande Émilie.

— Il décharge son surplus d'énergie, dis-je en rigolant. Une sorte de rituel !

François continue son dialogue avec les insectes.

— NNNOOOONNN, bien sûr que non, vous, vous devez vivre la nuit. Ça ne vous tente pas de faire comme tout le monde. Suffit d'allumer une torche pour voir un escadron de papillons rappliquer ! Eh bien ! Profitez-en bien, car, aujourd'hui, c'est votre nouveau voisin qui régale. Feu à volonté ! conclut-il en lançant plusieurs fanaux sur le pont.

Les lampes se brisent et l'huile qui se déverse sur le pont s'enflamme instantanément. Le temps que François descende de l'épave, celle-ci est déjà la proie d'un véritable brasier. En quelques minutes à peine, l'incendie prend une ampleur incroyable.

François arrive vers nous, victorieux.

— Qu'est-ce qui t'a pris ? dis-je au garçon, qui semble calmé.

— Quoi ? Vous n'aimez pas les feux de joie ?

— Je ne vois pas l'intérêt, juge Émilie.

— Tu ne vois pas l'intérêt ? Il est simple, pourtant. Je viens d'allumer un feu qui va attirer tous les papillons de l'île ici, les petits et les gros.

— Et?

— La route est libre, on ne risque pas de croiser des mutants en rentrant de nuit.

* * *

— Ce n'était pas très brillant, dis-je à François, deux heures plus tard, alors qu'il peine à escalader la palissade de la grotte. Si les mutants sont attirés par le feu, j'espère qu'ils ne se jetteront pas dedans comme leurs petits frères.

— Nos camarades ont été transformés en lépidoptères, soit. Ils n'ont pas pour autant leur quotient intellectuel! fait remarquer François. Et puis, ils n'ont qu'à voler un peu plus loin, c'est tout. Pas la peine de se lancer dans les flammes!

Émilie, qui vient de passer de l'autre côté de la cloison, intervient d'une voix tranquille:

— Tu as menti, François.

— Quoi! Qu'est-ce…? Enfin, ça sort d'où, cette affirmation?

— Quand Samuel et moi avons pris la fuite après avoir vu le papillon, l'autre jour, tu as dit que tu l'avais observé de près, toi aussi. Si ça avait été le cas, tu saurais que ces créatures ne peuvent pas voler.

— Oui, enfin… c'est évident… je le savais, c'est juste que…

Je m'interroge sur cette déclaration.

— Qu'est-ce que tu veux dire?

— Elles ne peuvent pas voler, car leurs ailes sont trop petites. Je crois qu'elles se déplacent uniquement avec leurs pattes. Elles ne seront pas capables de descendre dans la crique, près de l'épave en feu. Si elles voient la lumière, elles resteront à distance.

François fait le tour de la grotte, puis revient avec un panier de kumquats, accompagné d'une lettre de Jean-Pascal.

— Notre cher animateur n'a pas encore retrouvé la trace de Samuel. Il a attendu ici la fin de l'averse et est reparti à sa recherche, il devrait rentrer sous peu. Fin du message.

— Bon, dis-je en m'asseyant dans un coin. Au moins, lui, il a toujours son apparence normale!

Émilie vient s'installer à côté de moi. J'observe attentivement le lieu dans lequel je viens d'échouer. Le mur barbouillé de petites lignes est assez impressionnant. On se croirait presque dans le décor de *Robinson Crusoé*.

— Drôle d'endroit, non ? me fait remarquer Émilie.

— Oui, plutôt ! Tu n'es pas trop fatiguée ?

— Ça va, je tiens le coup !

— Tu sais, tu es plutôt étonnante, comme fille. En te voyant, je n'aurais jamais cru que tu étais si résistante.

— J'ai fait pas mal d'escalade, il y a quelque temps. Ça me donne une bonne condition physique.

— N'empêche, tu n'as pas de gras en trop !

— Tu peux le dire, tu sais ! Pas besoin d'avoir peur des mots !

— De quoi tu parles ?

— Tu peux dire que je suis maigre, je ne me vexerai pas pour autant.

— C'est que... je ne voulais pas te choquer, c'est tout.

— Correct, je suis capable de vivre avec.

J'attrape deux fruits, que je me mets à grignoter. Émilie prend aussitôt ses distances.

— Je suis vraiment trop allergique à ces trucs. Je m'éloigne deux secondes.

Je tends le panier à François. Il me fait signe qu'il n'en veut pas.

— Je t'avoue que, pour ma part, je n'aime pas trop les agrumes. Je préfère te les laisser.

Je propose une occupation, histoire de mettre un peu de piquant dans notre soirée.

— Peut-être devrions-nous jeter un œil dans les affaires que Jean-Pascal a récupérées. Le gros sac de sport, là, sous le vieux hamac, il ne doit pas être arrivé ici au siècle passé !

François et Émilie se regardent, intrigués.

— On ne l'avait même pas remarqué, avoue Émilie.

Les deux compères sortent le sac et fouillent dedans pendant que je grignote quelques fruits.

Les recherches s'avèrent payantes, puisqu'ils reviennent aussitôt avec plusieurs barres de chocolat. Nous partageons le butin immédiatement.

— Pas très sympa, le gars ! fulmine François. Il nous laisse des fruits, alors que lui profite de chocolat au caramel.

— Qu'est-ce qu'il y a d'autre ? dis-je, curieuse.

— Question bouffe, c'est pas mal tout. Mais il y a plein de matériel d'orientation dont on aurait pu avoir besoin, des cordes d'escalade et… ceci ! lance Émilie en nous montrant un magazine.

Je l'examine de plus près.

— *Mystères des lieux oubliés*. Et alors ?

— Regarde le sous-titre : *Avatere, l'île au trésor caché.*

— Méchante coïncidence que ce type ait entre les mains un magazine qui parle d'une île sur laquelle on n'était même pas censés débarquer ! fait remarquer François.

Émilie feuillette la revue et nous communique les informations les plus importantes.

— Il y a plusieurs siècles, le territoire était occupé par une tribu nommée Agogo Pépé. Cette peuplade vouait un culte à une race de papillons qui ne prolifèrent que sur cette île, les *Bombyx mori giganticus*. Ces grands lépidoptères et les chenilles dont ils sont issus ne se nourrissent que des feuilles et de la sève des plants de kumquats rouges typiques de l'endroit et introuvables ailleurs à la surface du globe. Les kumquats sont généralement petits et existent dans des tons variant du jaune à l'orangé. Une légende raconte que les Agogo Pépé cachaient dans les entrailles d'un temple un formidable trésor, don de leurs divinités. Les portes du monument sacré ne s'ouvraient qu'au prêtre ayant offert aux dieux cinq idoles, gardiennes du temple. À l'heure actuelle, personne n'a encore revendiqué la découverte de cet incroyable trésor. En effet, l'histoire de cette île ne nous parvient que grâce aux légendes. Rares sont ceux qui ont trouvé l'île en question, que de fortes tempêtes protégeraient de toute intrusion.

Nous nous regardons tous dans le plus grand silence. Émilie confie le magazine à François, qui continue à le feuilleter pendant qu'elle sort ce qu'elle trouve dans le sac de Jean-Pascal. Il y a de tout : piolet, corde d'escalade, pioche, pelle, boussole, détecteur de métaux.

Elle se tourne vers nous.

— François, Jade, vous avez la télé, non ? Est-ce que vous aviez déjà vu cet animateur avant ?

Je ne réfléchis pas très longtemps.

— Non, pourquoi ?

— Parce que je commence à croire que ce gars est plus un chasseur de trésors qu'un présentateur de jeu.

Je lance une idée au hasard :

— Et s'il s'était mêlé à la vraie équipe de Crash TV ? S'il s'était fait engager dans un tout autre but que d'être l'animateur télé de l'année ? S'il s'était débarrassé de ceux qui étaient sur le bateau pour ne garder que nous ?

— Il aurait balancé le capitaine à la mer ? s'interroge François.

— Mais pourquoi nous kidnapper ? Pourquoi nous emmener ici ?

— Vous oubliez que, pour accéder au trésor caché du temple, il faut cinq idoles ! dis-je à mon tour.

— D'accord, on est six, reprend Émilie. Mais on ne ressemble pas vraiment à des statues polynésiennes en bois sculpté !

— Et si les idoles n'étaient pas de simples statues, mais des êtres vivants ? suggère François. Des êtres vivants à l'image de leur divinité : le papillon.

— Nos... nos amis qui ont été transformés ? dis-je en bafouillant. C'est à ça qu'ils sont censés servir ?

— Euh... attendez, reprend Émilie. C'est du délire, cette histoire. Jean-Pascal est peut-être chasseur de trésors, mais ce n'est quand même pas un sorcier qui transforme les gens en insectes. Et puis d'abord, comment ça se fait que seuls nos camarades se métamorphosent et pas lui ?

— Il doit y avoir quelque chose qui déclenche le processus, spécule François. Jade, tu as vu Maria-Elena se transformer. Tu n'as rien remarqué de particulier ?

— À part une amie qui régurgite un cocon puis qui se mue en papillon géant, non, tout était normal !

— Rien qui pourrait nous mettre sur la voie ?

— Désolée, je ne sais vraiment pas. J'ai juste l'impression d'avoir assisté à une grosse intoxication alimentaire.

— Sauf qu'on a tous avalé la même chose depuis qu'on est arrivés : des fruits et de l'eau.

— C'est bien la preuve que le raisonnement ne tient pas, conclut Émilie. À part les kumquats auxquels je suis allergique, j'ai mangé exactement la même chose que les autres. Les transformations n'ont probablement rien à voir avec ce qu'est venu chercher Jean-Pascal...

Le visage de François change de teinte.

— Qu'est-ce que tu viens de dire ? l'interrompt-il.

— Quoi ? Les kumquats ? Je suis allergique aux agrumes, je l'ai assez répété, non ?

— Je n'y ai pas touché non plus, j'ai horreur des oranges, des mandarines et autres fruits semblables, explique François à son tour.

Ils se tournent tous les deux vers moi alors que je suis en train d'enfourner la dernière bouchée de mon troisième agrume.

— C'est... euh... c'est la première fois que j'en mange. Ce n'est pas... ce n'est pas mauvais, dis-je en avalant difficilement le morceau. Vous croyez que...

— Ça expliquerait pourquoi Jean-Pascal nous a fourni un panier de kumquats au début et un autre maintenant, déduit François. Il espérait que nous en avalerions le plus possible. Il n'y a pratiquement que ça, d'ailleurs, sur cette île.

— Ça reste difficile à croire, hésite Émilie. Comment Jean-Pascal aurait-il su qu'il fallait des mutants pour accéder au trésor? Et que pour créer des mutants, il fallait nous faire manger des fruits bien précis? Tout ça tient de la légende bon marché d'un magazine grotesque.

François tend de nouveau la revue à Émilie.

— Lis, tu vas comprendre.

Émilie résume à haute voix un passage que François lui montre.

— Dans la suite de l'article, on parle du nombre important de navigateurs qui ont tenté de trouver l'île. L'expédition la plus connue a été celle du *Brigantin*. Rien de nouveau de ce côté-là.

— Continue…

— Bien que tous les membres de l'équipage aient été voués à un sort peu enviable, ce voyage est vite devenu célèbre grâce à plusieurs bouteilles retrouvées en mer et porteuses de messages écrits par le commandant en second, Antoine d'Alby, qui aurait survécu quelque temps sur l'île.

— Ça n'explique rien, François! D'Alby n'avait pas l'air de savoir grand-chose de cette cérémonie.

— D'Alby, non. Mais pour chaque expédition, le magazine recense le nom du capitaine.

— Et?

François, impatient, arrache le magazine des mains d'Émilie.

— Le capitaine du *Brigantin* est reparti avec le canot de sauvetage, mais il a été en contact avec les Agogo Pépé pendant son séjour. On peut présumer qu'il a vu les membres de son équipage se faire transformer et qu'il a compris l'utilisation des idoles. Par un concours de circonstances, il n'a jamais réussi à revenir ici. Le mieux qu'il avait à faire était de léguer son savoir à ses proches...

— Qu'est-ce que tu racontes, François? Pourquoi tu supposes un truc pareil? dis-je, intriguée.

François prend un air grave.

— Parce que le capitaine du *Brigantin* s'appelait Thomas Abolan.

Ce nom nous fait sursauter.

— Le nom de famille de Jean-Pascal est Abolan !

— C'est son descendant.

Confessionnal de Maria-Elena

Je suis déçue d'avoir perdu ces deux cailloux tout à l'heure. Vraiment. J'aurais dû être plus vigilante. L'idée de départ me semblait pourtant bonne. Tant pis, faut que je me rattrape. C'est pour ça que j'ai décidé de passer au confessionnal. *¡Dios mío!* Ça pourrait sauver ma peau. Ou peut-être que non. On verra bien.

Émilie et Jade sont parvenues à faire du feu. En tout cas, ce n'est vraiment pas de chance pour moi, c'est arrivé au mauvais moment. Je ne pensais pas qu'elles réussiraient cet exploit.

Émilie a un problème. Ce n'est pas normal d'être si maigre, *¡hombre!* Ce n'est pas possible, elle est anorexique. Et puis, cette manie qu'elle a de compter les calories! Ce jeu, ça risque d'être dangereux pour sa santé. Elle est tellement fragile. Ce n'est même pas elle qui a voulu s'inscrire. Elle me l'a dit. Si elle a si peu envie d'être ici, elle n'a qu'à abandonner. Ça laissera la chance aux autres de l'emporter. Elle ne nuira pas au moral des participants. Ça en déstabilise plus d'un, cette façon qu'elle a de vouloir nous convaincre qu'on n'est pas dans un jeu. Si elle ne veut pas y croire, c'est son affaire, mais qu'elle laisse les autres tranquilles.

Pour ma part, je suis persuadée d'être au bon endroit. J'étais vaguement réveillée lorsqu'on m'a déposée sur la plage. J'ai vu Jade discuter brièvement avec l'animateur. Ensuite, j'ai aperçu Jean-Pascal qui sortait plein d'affaires du bateau. Un gros sac de sport contenant sûrement du matériel de tournage, plusieurs projecteurs sur pied et une batterie. Il a besoin de cet éclairage pour nous filmer, c'est évident.

Les deux gars de mon équipe m'intriguent. À la première occasion, ils n'hésiteront pas à m'éjecter de la gang. Je l'ai vu dans leur regard quand j'ai perdu les pierres. Ils vont en profiter.

J'ai cru que Samuel avait retrouvé les silex et qu'il ne me l'avait pas dit. Il s'obstinait à taper sur un caillou avec une autre roche. Il avait vraiment l'air enragé! Je suis allée près de lui pour savoir d'où il tenait ces cailloux. Ce n'étaient pas les miens. Ce n'étaient pas les pierres à feu. Il m'a dit qu'il s'agissait d'osbi… obsi… quelque chose… une pierre qu'on utilisait pour faire des armes à l'époque de la préhistoire. Aucune importance. Je ne sais pas ce qu'il compte fabriquer avec son caillou, mais son regard… *¡Dios mío!* Enfin, je ne l'ai pas dérangé plus longtemps.

François, je suis sûre de l'avoir déjà vu. Il ne veut pas l'admettre. Pourquoi il me cache sa vraie identité? C'était l'année dernière. Un nouvel élève dans ma classe. Un gars avec un passé trouble, ballotté de foyer d'accueil en foyer d'accueil. Il est resté une semaine, puis a disparu… Paraît qu'il a menacé le père de la famille qui l'hébergeait. Il a sans doute été placé ailleurs jusqu'à la prochaine fois. Je me souviens de son visage et de son air solitaire. Je comprends qu'il participe à ce jeu. Ce genre de gars doit avoir besoin d'attention. Il doit manquer d'amour. Pas de proches, pas de frère ni de sœur connus, ça doit être difficile.

ÉPISODE 5

François

— Rien à faire, c'était son choix, O.K.?
Ne m'achale plus avec ça!

— N'empêche, on n'aurait pas dû la laisser partir, affirme Émilie.

— Oui, eh bien! On s'est tous endormis.
Tu as remarqué quelque chose, toi? Non!
Moi non plus. Avec un peu de chance, tu paniques pour rien. Ça se peut très bien qu'on la retrouve demain en pleine forme. Ce ne serait pas la première fois, d'ailleurs.

Je comprends qu'Émilie ait des remords, Jade nous a quittés pendant notre sommeil. On était vraisemblablement tous dans un sommeil profond, car on n'a rien entendu. Je présume qu'elle a senti venir sa mutation.

— Ce n'est pas humain ce qu'on a fait là, reprend Émilie. Pense à Jade, toute seule, en pleine nuit, devant affronter l'inconnu! Imagine qu'elle sente qu'elle va se transformer, mais qu'elle ne sache pas quand ni comment ça va se passer. Si elle était restée, on aurait au moins pu la réconforter.

— Crois-moi, on finit toujours par trouver des repères, même en étant seul. Je te rappelle qu'elle a sûrement fait ça pour nous protéger. Elle ne voulait pas qu'on se retrouve avec un papillon géant dans la grotte sans savoir quelles seraient ses intentions une fois transformée. Elle a bien agi.

— Tu aurais agi comme ça, toi?

— Moi? Je… La question ne se pose pas. Suffit de ne pas avaler ces saletés de fruits.

Émilie passant son temps à se morfondre dans un coin, j'en profite pour récupérer l'échelle qui est appuyée sur la palissade de l'autre côté de la cloison.

— Qu'est-ce que tu fabriques? me demande la fille.

Je ne réponds pas immédiatement. Elle me fatigue avec ses questions. Je suis assis à cheval sur la palissade. Ce n'est pas l'endroit où je suis le plus à l'aise. Mes vertiges me reprennent, mais j'essaie d'y faire face. D'ici, j'ai une vue imprenable sur les kilomètres de jungle qui s'étalent devant moi. L'ambiance générale est très particulière. La pluie a laissé une pellicule brillante sur la plupart des arbres et, en même temps, une bonne partie de l'humidité s'évapore sous forme de brume, ce qui donne un côté complètement surréaliste au paysage. J'ai l'impression de voir encore quelques éclairs à l'horizon, mais en y regardant de plus près, je réalise que ces flashs de lumière ne viennent pas du ciel, mais de la jungle elle-même.

— Hé! Tu comptes dormir là-haut? lance Émilie.

Je tire l'échelle de façade et la transfère de notre côté de la cloison.

— Pourquoi tu fais ça?

D'un signe, je lui demande de se taire et d'attendre une petite seconde.

— Arrête un peu avec tes questions, il y a quelque chose de bizarre.

J'observe attentivement le lointain pour essayer de comprendre d'où peut provenir cette forte lumière. Aucun bruit particulier.

Ça ne ressemble pas à un orage. Je redescends près de ma camarade.

— Pourquoi tu as mis l'échelle ici?

— Tu as envie que Jean-Pascal vienne passer le reste de la nuit avec nous, toi? Après tout ce qu'on a appris sur lui?

— Non, c'est vrai. Bonne idée.

— Nous sommes en position de force, maintenant. Nous avons son matériel et il ne peut plus entrer.

— Qu'est-ce que tu regardais?

— Une lumière étrange dans la jungle. Comme les phares qu'on voit dans les ports pour guider les bateaux. Des flashs lumineux à répétition.

— Dans la jungle? Sur la plage? Ce sont peut-être des secours qui nous cherchent?

— Non, plutôt au cœur de la jungle, près du centre de l'île, à plusieurs kilomètres d'ici. Je ne suis pas le seul à les avoir vus. Samuel aussi a été réveillé par ce phénomène la deuxième nuit.

— Mais il n'y a pas d'électricité, sur cette île. Tu crois que c'est d'origine naturelle?

Je n'ai pas le temps de répondre à la fille qu'un gros boum se fait entendre sur la palissade.

— Jade? bredouille Émilie.

— Hé! Les jeunes, où avez-vous mis l'échelle? Vous ne croyez quand même pas que je vais escalader ça à mains nues?

Nous reconnaissons immédiatement la voix de Jean-Pascal.

— Ohé! Vous allez me faire attendre ici longtemps?

— Qu'est-ce qu'on fait? chuchote Émilie.

J'avoue que je n'avais rien prévu de particulier. Je me dirige vers le mur.

— Qu'est-ce que vous avez fait aux autres?

— Quoi?

— Vous saviez très bien que s'ils mangeaient des kumquats, ils subiraient une mutation. Vous n'êtes pas ici pour une émission télé, vous avez fait exprès de changer de cap pour que nous échouions sur cette île. Ce que vous voulez, c'est vous emparer du trésor que votre arrière-arrière-grand-père n'a pas pu récupérer.

— Oh! Je vois… Ce n'est pas très honnête de fouiller dans les affaires des autres!

— C'est bien peu de chose comparativement à ce que vous avez infligé à nos camarades, beugle la fille. Vous êtes un monstre. On ne se fera pas berner à notre tour. Vous ne parviendrez pas à nous faire avaler vos saloperies, vous ne mettrez jamais la main sur le trésor des Agogo truc machin.

— Et je présume qu'une fois que vous aurez mis la main sur la radio, car quelque chose me dit que vous ne l'avez pas encore trouvée, vous appellerez du secours et vous viendrez vaillamment libérer vos *chums*!

— On ne peut rien vous cacher, fulmine Émilie.

— Sauf que l'émetteur-récepteur, c'est moi qui l'ai.

— …

— Partant de là, vous avez donc deux solutions, les jeunes: soit vous coopérez, soit vous me passez sur le corps pour me prendre la radio. Si vous choisissez la première option, je peux vous assurer que, dès que j'aurai trouvé ce que je cherche, je vous fournirai à tous l'antidote et je vous ramènerai en terre civilisée. Si, par contre, vous préférez la seconde option… autant vous dire que vous prenez de gros risques. Je vous laisse réfléchir à tout ça. On devrait se revoir bientôt.

Les pas de Jean-Pascal s'éloignent dans la jungle. Émilie se tourne vers moi.

— Il bluffe. Il bluffe pour que nous acceptions de nous faire transformer. On ne peut pas lui faire confiance, il ment depuis le début.

— Et s'il disait la vérité ? Il a forcément dû prévoir une astuce pour quitter l'île, non ? La radio me semble le moyen le plus logique.

— Il n'y a qu'une façon de le savoir : il faut retrouver Dimitri. Lui seul peut nous révéler ce qu'il a fait de l'appareil.

— C'est n'importe quoi ! m'indigné-je, incrédule. Qu'est-ce qui te fait croire qu'il nous comprendra et même qu'il pourra nous dire quelque chose ? On ne sait rien des créatures qu'ils sont devenus.

— Tu as une autre solution à proposer ?

— Ouais, ne rien faire. Si nous restons sur nos positions, Jean-Pascal finira par se tanner et donnera probablement l'antidote aux autres participants.

— Quoi? C'est ça, ta solution? Samuel, Jade et les autres, ils comptent si peu pour toi? On ne t'a jamais appris l'entraide? s'emporte Émilie. Leur situation n'a même pas l'air de t'inquiéter.

— Et après? Personne ne s'est jamais inquiété de ma situation, ça ne m'a pas empêché de vivre, dis-je en espérant clouer le bec à cette fille.

— EH BIEN! ELLE A DÛ ÊTRE PAS MAL PLATE, TA VIE, JUSQU'ICI! beugle Émilie, au bord des larmes. On a tous besoin d'un coup de main un jour ou l'autre. Si on n'a personne, à quoi ça sert d'exister?

Je reste une seconde sans parler, ne comprenant pas son débordement d'émotions. C'est étrange, sa remarque me replonge instantanément dans ma vie d'avant et me conforte dans mes positions... À quoi bon quitter cette île?

— Pourquoi as-tu les larmes aux yeux? demandé-je, inquiet.

— Pour rien... Quand je pense que Samuel a risqué de se casser le cou pour t'aider à monter la palissade et que je suis venue à ta rescousse! Je me demande vraiment pourquoi on s'est donné tant de mal...

— Sincèrement, je me le demande aussi.

* * *

La fin de la nuit n'a pas été très reposante, ni pour moi ni pour Émilie. Celle-ci est restée un long moment près de la cloison à épier le moindre bruit venant de l'extérieur, espérant que Jade réapparaisse. Ce matin, nous n'avons toujours aucune nouvelle. Notre amie ne reviendra pas.

Émilie a glissé une bouteille d'eau et quelques barres de chocolat dans le gros sac de sport. Elle va sans doute devoir parcourir une bonne partie de la jungle avant de repérer les traces d'autres membres de notre équipe. Cette île est tellement vaste qu'elle risque de ne rien trouver.

Pour ma part, je ressasse, depuis cette nuit, l'engueulade que ma partenaire et moi avons eue hier soir.

Je décide d'aller remplir le sac de sport de quelques barres de chocolat additionnelles.

— Qu'est-ce que tu fais ? demande Émilie. Elles sont pour toi, c'est ta part.

— Je t'accompagne.

— Pas la peine, je peux m'arranger toute seule.

— Comment vas-tu faire pour les retrouver ?

— Je n'en ai aucune idée.

— C'est bien pour ça que je viens avec toi.

Nous terminons les préparatifs en embarquant tout ce que nous estimons utile à l'aventure.

Quelques minutes plus tard, nous sommes de l'autre côté de la palissade.

— Alors, tu penses pouvoir repérer leurs traces facilement ? me questionne la fille.

— Je suis tombé par hasard sur les traces de Dimitri l'autre jour, c'était un coup de chance.

— Mais tu as fait des camps de chasse avec ton père, non ? Tu es bon pour pister des bêtes sauvages !

Je n'ai pas très envie de répondre à cette question maintenant.

— François ? Je t'ai demandé quelque chose…

Nous entamons notre progression dans la jungle.

— Quoi? Tu gardes un mauvais souvenir de tes escapades en nature, c'est ça?

Elle et ses questions!

Émilie s'arrête.

— Tu sais, j'ai l'impression de me revoir il y a près d'un an. Muette comme une carpe, complètement refermée sur moi-même. Brillante attitude, je te jure! Continue comme ça, tu iras loin!

Les remontrances d'Émilie m'exaspèrent.

— J'ai fait un seul et unique camp en nature avec mon père quand j'avais sept ans, O.K.? dis-je en espérant qu'elle se contente de cette réponse.

— À sept ans... Ah! D'accord... toute une expérience! Moi qui croyais que j'étais accompagnée d'une sorte d'Indiana Jones. Au moins, tu t'en souviens, c'est toujours ça!

— Pas difficile, c'est la seule activité de plein air que j'ai jamais faite avec lui.

— S'il n'est pas du genre plein air, je peux comprendre...

— Il n'est pas du genre père, tout simplement, dis-je en prenant un peu d'avance pour éviter d'autres questions idiotes.

Émilie arrive à côté de moi. Décidément, plus collante qu'elle, tu meurs !

— Qu'est-ce que tu entends par là ?

— Quand j'ai eu huit ans, il s'est tanné de ma mère et de moi. Il est parti sans laisser d'adresse.

Émilie semble touchée par ce que je viens de lui raconter, ça se lit sur son visage. Pourtant, elle change de sujet.

— Alors, tu m'expliques comment on est censés retrouver la trace des autres ?

— Quoi ? Tu n'as pas encore deviné ? dis-je en écartant la végétation.

Émilie me fait signe que non.

— Pour ce que je sais de la chasse, il y a souvent un chasseur et un pisteur. Le chien pisteur est entraîné à repérer des odeurs que l'humain ne peut pas percevoir.

— Et alors ? On n'a pas de chien !

— Nos amis ont été transformés à cause des agrumes auxquels tu es allergique. Tu te souviens de ta rencontre avec le lépidoptère quand tu étais avec Samuel ? Tu as commencé à éternuer plusieurs centaines de mètres avant de te trouver face à lui. Il y a un lien, c'est évident. Probablement qu'ils se nourrissent aussi du jus de ce fruit. En fait, je crois que tu es allergique aux mutants.

Les traits d'Émilie se durcissent. Elle n'a pas l'air contente du tout.

— Et tu veux te servir de moi comme chien pisteur, c'est ça ?

Je ne peux pas m'empêcher de faire un petit sourire satisfait.

— Tu as tout compris.

* * *

Nous progressons dans la jungle depuis plus d'une heure sans le moindre résultat quand nous décidons de faire une pause. Émilie et moi nous asseyons sur une souche pour boire quelques gorgées d'eau.

— Je ne veux pas être rabat-joie, mais, pour le moment, ta technique ne me semble pas trop efficace.

— On n'y arrivera jamais ! dis-je, fatigué. J'aurais dû rester à la grotte.

Émilie se prend la tête entre les mains.

— Mais pourquoi faut-il que tu sois le dernier rescapé avec qui je dois progresser ? Je me serais bien accommodée de Jade ou même de Samuel. Ben non, fallait que ce soit toi ! Il est où le gars qui était prêt à braver tous les dangers pour être l'unique gagnant de *Tiki Tropical* ?

— On n'est pas dans un jeu, Émilie, tu me casses les oreilles avec ça depuis le début. Il n'y a pas de prix à gagner, pas de célébrité, rien. Le garçon dont tu parles n'existe pas. Faut juste s'en sortir pour retourner dans nos petites vies minables, c'est tout.

— Et alors, c'est déjà ça, non ? Tu préfères rester ici ? Ta mère, elle doit être inquiète, tu ne crois pas ? Tu as peut-être un frère ou une sœur ?

— Il n'y a personne qui m'attend, dis-je, exaspéré par ses questions.

— Quoi ? Ta famille, pour qui tu devais gagner…

— Je suis fils unique. Ma mère est dans un hôpital psychiatrique. Ça fait des années que je me balade de foyer d'accueil en foyer d'accueil. Alors, être ici ou là-bas, c'est pas mal pareil.

— Décidément, je me faisais une tout autre image de toi ! Me semblait que tu devais remporter ce jeu pour ta famille, non ?

— C'est ce que je voulais. J'espérais faire croire à tout le monde que je jouais pour gagner le grand prix et ainsi sauver mon petit frère atteint de leucémie.

— Le profil type du héros !

Impossible de me retenir, j'éclate de rire.

— Des niaiseries. C'était purement stratégique. Je voulais que les téléspectateurs me trouvent attachant. Il n'y a rien de mieux qu'une noble cause pour faire fondre les cœurs… et garder une place dans le jeu.

Émilie sourit.

— L'idée était originale.

— Mais ne servira à rien, dis-je d'un ton morose. De retour à Montréal, on m'enverra probablement dans une autre famille et on m'y oubliera.

— Qu'est-ce que tu espérais, en gagnant le jeu ?

— Je ne sais pas. Simplement que quelqu'un m'attende à l'aéroport. Juste le bravo d'un inconnu croisé dans la rue. Être un héros pour quelques jours. Déjà, ça aurait été pas mal.

— Ça risquait d'être plutôt superficiel, comme attachement…

— Et à quoi crois-tu que je suis habitué, dans les foyers d'accueil? C'est à peine si ce n'est pas stipulé dans les contrats d'engagement: «Affection requise». Tu veux du superficiel, je vais t'en servir sur un plateau! Tu ne sais pas ce que c'est que de se créer chaque fois une personnalité pour tenter de plaire à la famille, pour récolter un peu d'attention ou d'affection. Mais l'amour, le vrai, c'est aux enfants légitimes qu'il revient. Nous, on est là pour la bonne cause, pour faire bien. Malgré tous les efforts que j'y mets, je reste toujours un étranger. Avec le temps, j'ai l'impression de perdre complètement la maîtrise de moi-même. C'est tellement dur de se trouver des repères tout seul. Alors forcément, tu explores un fusible et la famille qui t'héberge panique et demande qu'on te place ailleurs.

— Un repère…, murmure Émilie en ne m'écoutant qu'à moitié. Nous avons tous besoin de repères. C'est ça!

— Je ne veux pas faire de reproches aux personnes qui m'ont accueilli, mais elles ne peuvent pas remplacer ma famille! Et ma famille, elle est en miettes.

— Tu sais, il y a une semaine, je t'aurais bien suspendu à un cocotier.

— Quoi? Tu n'aimais pas François l'aventurier? Je le trouvais pas mal, moi...

— Sincèrement, lance la fille en me souriant, je préfère François l'authentique, peut-être parce qu'il a beaucoup de points en commun avec moi.

Émilie se remet sur ses pieds, prête à repartir. Je ne comprends pas bien sa dernière remarque.

— Qu'est-ce que tu racontes? On ne se ressemble pas du tout. Pourquoi tu dis ça?

— Si tu veux le savoir, mets-toi sur tes pattes et viens me donner un coup de main pour retrouver les papillons.

— Et par où tu veux aller? On n'a pas la moindre idée de l'endroit où ils se cachent.

Émilie est toute souriante, comme si, grâce à notre conversation, elle venait d'avoir l'idée du siècle.

— Les papillons aussi ont besoin de repères. D'habitude, c'est la lune, mais si autre chose interfère dans leur champ de vision, ils se dirigent vers ce nouveau point lumineux. Ils perdent leurs repères. Exactement ce qui s'est passé lorsque tu as fait brûler l'épave.

— Je ne vois pas où tu veux en venir.

— Un phare !

— Quoi ?

— Un phare, comme pour guider les bateaux dans les ports !

— Tu penses aux flashs que j'ai aperçus la nuit dernière ?

— C'est évident ! Jean-Pascal attire les mutants jusqu'à lui. Il a dû bricoler un phare de fortune.

— Mais avec quoi ?

— Les projecteurs prévus pour le tournage étaient dans le bateau…

— … et il utilise la batterie du navire pour les alimenter !

— Exactement.

— Faut qu'on parte dans la direction des éclairs lumineux que j'ai vus hier. Ils doivent se trouver par là-bas.

Émilie et moi repartons de plus belle. La différence, cette fois, est que nous avons un but précis : aller vers le centre de l'île, à l'endroit d'où viennent les flashs de lumière.

* * *

La balade se prolonge sur plusieurs heures. Nous avançons lentement. Il fait très chaud. Plus nous progressons dans la jungle, plus nous perdons l'air frais venant de la mer. Ici, tout n'est que végétation et humidité étouffante.

— Alors, c'est quoi, ta théorie sur notre ressemblance ? Après autant d'heures de marche, il me semble que j'aurais droit à une explication… au moins pour l'effort fourni à ta cause…

Émilie rigole.

— Comment tu me trouves ? dit-elle en faisant un petit tour sur elle-même.

Je suis abasourdi par sa question aussi directe.

— Je… euh…

— Ben, vas-y, dis le fond de ta pensée !

— Maigre.

— Tout juste. Et il n'y a pas si longtemps, je me trouvais encore trop grosse.

— Tu rigoles ?

— Non, je suis sérieuse. C'était comme un cercle vicieux. La seule chose que je pouvais contrôler dans ma vie, c'était mon rapport à la nourriture. C'était devenu comme une obsession, confesse-t-elle en s'enfonçant dans une végétation de plus en plus épaisse.

— Je ne te suis pas.

— Lorsque j'étais petite, mes parents et moi faisions souvent des balades en forêt. Un jour, je suis tombée par mégarde dans une fourmilière. Rien de bien grave, mais en tombant, j'ai perdu le bracelet que m'avait offert mon père à mon anniversaire. J'y tenais beaucoup. Je l'ai vu s'enfoncer dans le nid, submergé par ces affreuses bestioles. Quand mon père m'a sortie de là, j'étais tétanisée, je n'aurais jamais osé me plonger la main là-dedans. Je m'apprêtais à lui demander de m'aider quand ma mère nous a rejoints. Lorsqu'elle a vu la situation dans laquelle je me trouvais, elle s'est arrangée pour glisser le pied dans le nid à son tour. Ça a fait paniquer les insectes, qui se sont mis à l'escalader, comme s'ils se liguaient avec elle pour me

séparer de mon père. J'ai détesté ces four-
mis ! Ma mère était totalement affolée. Elle a
attiré l'attention de mon père sur elle, comme
elle le faisait toujours, alors que j'avais bien
besoin de lui à ce moment-là.

— Me semble qu'on s'éloigne du sujet,
non ? dis-je en continuant d'avancer.

— Ma mère est comme une petite fille
dont on doit s'occuper constamment. Autant
mon père que moi sommes toujours aux
petits soins pour elle. Son truc, c'est de mono-
poliser l'attention. Maman ne supporte pas
qu'on puisse avoir d'autres centres d'intérêt
qu'elle-même.

— Et alors ?

— Papa l'a aidée, car elle menaçait de
faire une crise. Moi, j'ai joué la petite fille
bien gentille et compatissante pour la cal-
mer. Je n'ai jamais osé parler à mon père du
bracelet. Il est resté dans la fourmilière. Si
seulement j'avais eu le courage de mettre la
main là-dedans… Mais j'étais convaincue
que ces bestioles étaient de mèche avec ma
mère et qu'elles ne m'auraient jamais laissée
reprendre le bijou.

— En tout cas, tu étais docile avec ta
vieille !

— Papa l'a été moins que moi. Après plusieurs années de crises incontrôlables, il a obtenu le divorce, quand j'avais neuf ans. Ma mère l'a très mal pris. Depuis, elle a tendance à boire un peu trop, si tu vois ce que je veux dire.

— Alcoolique?

— Ouais. J'ai continué à vivre avec elle. Mon père n'a pas pu obtenir ma garde, parce qu'il était fréquemment en déplacement pour son travail. Avec le temps et beaucoup d'alcool, maman ne s'est pas améliorée. Je devais en permanence m'occuper de cette petite fille qui demandait toute l'attention. Si je n'étais pas exactement celle qu'elle voulait, ça finissait en drame. Pendant plusieurs années, j'ai dû me construire un personnage à l'image de l'enfant idéale, au point d'en oublier qui j'étais en vérité.

Je ne dis plus rien. L'histoire de cette fille commence, en effet, à présenter certaines similitudes avec la mienne.

— Tu m'aurais vue à l'époque, tu ne m'aurais pas reconnue. Je pesais autour de cinquante kilos et mesurais même pas un mètre soixante, avoue Émilie en repoussant plusieurs grosses branches.

— Qu'est-ce qui s'est passé?

— Une niaiserie… À douze ans, un jour de fête, un oncle m'a dit en rigolant qu'il me trouvait dodue. C'est bête, je sais. Ce n'était pas méchant, mais sur le coup, ça m'a choquée. J'ai décidé de perdre mes kilos en trop. J'ai commencé à faire attention à tout ce que je mangeais et à faire du sport, du sport, toujours plus de sport. J'en ai essayé plusieurs avant de me fixer sur l'escalade. Face au mur, à plusieurs mètres du sol, tu n'as personne pour t'embêter ou te juger. Je voulais prouver que j'étais capable de perdre du poids. J'ai vite retrouvé une ligne correcte pour ma taille… mais je m'étais prise au jeu. Je pouvais avoir un contrôle absolu sur ce que j'ingurgitais et donc sur mon poids. J'étais tellement déboussolée, à l'époque, qu'il fallait que je sois maître d'au moins une chose dans ma vie. Ça a été ça.

— Là, à vue de nez, tu n'as pas un poids santé. Tu es franchement au-dessous! Pourquoi tu n'as pas juste essayé de garder la ligne? lui demandé-je, alors que nous arrivons sur un plateau plus dégagé.

— C'est débile, on devient dépendant de ça comme de la cigarette. Tu te dis: «Demain, j'arrête de jeûner», mais une autre petite voix te murmure : « Abstiens-toi encore un jour ou deux, tu seras plus tranquille pour reprendre quelques kilos quand tu recommenceras à manger. » Et puis, il y a le regard des autres : « T'es malade, t'es trop maigre, bla bla bla ». Toi, pour leur prouver qu'ils ont tort, que tu as la situation en main, tu t'arranges pour perdre encore un kilo ou deux.

— Tu t'es rendue à combien ?

— La première fois ? Trente-huit kilos.

— La première fois ?

— J'ai eu la chance de revoir mon père quand j'ai eu atteint ce poids. Il m'a conduite à une clinique, où j'ai passé deux mois pour réapprendre à m'alimenter et pour me sortir de ce puits sans fond.

— Donc, ça t'a aidée ?

— J'ai mangé pour prouver à tout le monde que j'étais capable, que je n'étais pas malade… et pour faire plaisir à mon père. Je ne voulais pas le décevoir.

— Tu te créais une personnalité pour plaire à ton autre parent, n'est-ce pas ?

Émilie hoche la tête. Ma remarque est juste.

— Quand je suis sortie de la clinique, je suis retournée habiter chez la petite fille. Tu devines la suite. Neuf mois plus tard, je ne pesais plus que trente kilos.

— Comment on peut tenir à trente kilos ?

— Je t'avoue qu'à la fin, je ne tenais plus beaucoup. Je ne voyais plus personne. Le pire, c'est que j'avais peur que les autres me trouvent encore trop grosse. Je ne sortais qu'en soirée, quand il faisait noir, pour faire de la course à pied jusqu'à la salle d'escalade, où je dépensais les quelques calories qu'il me restait.

— Ton père t'a encore sortie de là ? lui demandé-je, alors que nous replongeons dans un coin de forêt particulièrement humide.

— Non, pas cette fois. Je me suis évanouie devant ma mère. Elle a paniqué et a appelé les ambulanciers. J'ai été hospitalisée quelque temps. C'est après que les choses ont commencé à changer. Ma mère, qui n'était plus jugée apte à s'occuper de moi, s'est vu retirer ma garde et on m'a envoyée dans un centre spécialisé dans le traitement des troubles de l'alimentation. J'ai rencontré un psy dont l'approche était différente de celle des autres. Il m'a gardée en lieu fermé et sans contact avec l'extérieur pendant cinq mois. Les seules personnes que je pouvais voir étaient les infirmières et quelques autres patients de la clinique triés sur le volet. Tout ce qu'il a fait, c'est discuter et me demander de m'alimenter.

— Et tu n'as pas essayé de t'inventer une personnalité pour lui plaire?

— Quel intérêt? Je ne le connaissais même pas, au début. Il m'a juste dit que si je voulais sortir un jour, fallait que je retrouve un poids normal.

— Et qu'est-il arrivé quand le traitement s'est terminé? Tu as encore replongé?

Émilie me regarde en souriant.

— Le traitement n'est pas terminé. Je suis en plein dedans!

Sur le coup, j'avoue que je ne comprends plus rien.

— Comment? Tu t'es échappée pour participer à *Tiki Tropical*?

— Non, c'est mon psy qui m'a inscrite à cette émission, avec l'autorisation de mes parents.

— Pardon?

— Mon traitement en établissement touchait à sa fin. Il ne voulait pas que je réintègre immédiatement mon milieu familial, qu'il jugeait à haut risque. Pendant ces nombreux mois à la clinique, j'ai repris contact avec moi-même, je me suis retrouvée. Mais mon psy dit que d'affronter directement mes parents pourrait avoir un effet pervers susceptible de brouiller tout ce que j'ai acquis. Pour lui, faut d'abord que je reprenne confiance en moi en me mesurant à d'autres dans des situations qui me mettent à l'épreuve. Il a donc décidé de m'inscrire à ce jeu!

— Tu parles d'une approche différente! dis-je, estomaqué. Et si tu devais perdre le jeu, tu perdrais aussi ta confiance en toi, non?

— L'important pour lui, ce n'est pas tellement la victoire ou la défaite, c'est la façon dont j'aborde les défis. Il veut que ma personnalité s'extériorise, que je sois capable de prendre mes propres décisions, que je m'affirme.

— Jamais entendu parler de techniques pareilles!

— Avant lui, moi non pl… Tchi!

Je m'arrête aussitôt.

— Tu as le nez qui chatouille? Envie d'éternuer?

Émilie fait oui de la tête.

— Atchi! Atchi!

— Ils sont tout proches…

Je pars en éclaireur dans la direction que nous suivons depuis plusieurs heures.

La fille me talonne. Ses éternuements s'intensifient sans pour autant être aussi forts que l'autre fois.

— À gauche… à droite…

Émilie est capable de me diriger très précisément dans les broussailles en se fiant à son flair.

Après dix minutes de progression, en écartant de gros buissons, je comprends que nous sommes sur la bonne voie… mais pas encore arrivés.

— Viens voir.

Émilie s'approche et découvre comme moi le cocon éventré et des morceaux de vêtements qui jonchent le sol.

— Jade! bafouille-t-elle, les larmes aux yeux.

— Désolé, mais tout confirme que les kumquats y sont pour quelque chose.

Je regarde autour de nous. Le papillon géant a laissé des marques sur le sol. Pas besoin d'être pisteur pour s'en rendre compte. Je les montre à Émilie.

— On va poursuivre dans cette direction.

Émilie et moi progressons lentement pour ne pas perdre la piste laissée par le lépidoptère. Elle n'arrête plus d'éternuer, son allergie est au plus fort.

— Droite… Atchi! Gauche… Tchi!

Nous ne tardons pas à arriver sur un chemin qui semble avoir été défriché il y a très longtemps. Les traces du papillon y sont bien présentes.

— On doit forcément être tout près, dis-je, convaincu.

— C'est peut-être… atchi… juste une autre plantation de kumquats… Tchi!

— Il y a trop peu de lumière, ici, pour planter ce genre d'arbustes, ils ne survivraient pas. C'est autre chose.

Quelques minutes plus tard, Émilie et moi découvrons de quoi il s'agit. Nous nous arrêtons pour contempler le panorama qui s'offre à nous.

— Qu'est-ce que c'est que ça ?

— Les ruines du village des indigènes.

— Ça, j'avais vu. Atchi ! Je parle de ce qui l'entoure. Atchi !

Toute la bourgade est protégée par d'énormes filets suspendus aux arbres et qui semblent avoir été tressés dans une espèce de cordage végétal. Les interstices ne sont pas très larges, tout juste de quoi passer une main. Les filets font le tour complet du village et forment un immense dôme.

— À première vue, les Agogo Pépé ne voulaient pas se faire déranger par les papillons chaque fois qu'ils faisaient un feu de camp ! dis-je à ma compagne, entre deux de ses éternuements.

Au centre du village, à l'intérieur de la structure, on remarque une plateforme de bois surélevée d'une bonne dizaine de mètres. Il y a une échelle pour accéder au sommet. Au-dessus, je distingue des ruines en pierre qui devaient servir de foyer, mais surtout un dispositif électrique récent composé de deux batteries et six projecteurs orientés dans toutes les directions.

La crise d'Émilie s'interrompant pour quelques instants, nous distinguons un son que nous reconnaissons immédiatement. Un gros vrombissement sourd.

— Les papillons! On est à la bonne place.

Nous faisons quelques pas autour du village en ruine en espérant trouver une brèche afin de pouvoir nous y introduire. À quelques mètres sur la gauche, il y a bien une grosse porte de pieux de bois, mais impossible de la faire bouger.

— Elle doit… atchi… être fermée de l'intérieur, suggère Émilie.

— Les autres sont enfermés là-dedans, faut trouver un moyen d'entrer.

Émilie prend du recul pour avoir une meilleure vue d'ensemble.

— Il y a un trou tout au sommet du dôme. Il devait servir à l'évacuation de la fumée quand les indigènes faisaient du feu sur le patio. On peut passer par là!

Je suis tétanisé en regardant la hauteur à laquelle il faut grimper.

— Et… et après, on redescend comment ? Il y a un vide d'au moins quinze mètres avant d'arriver sur la plateforme, qui est elle-même à dix mètres du sol.

— On a le matériel d'escalade de Jean-Pascal, c'est le moment de s'en servir.

— Mais je…, dis-je en baragouinant.

— Je sais, c'est super haut, mais le filet ne va pas être difficile à escalader. On peut facilement trouver des points d'ancrage pour nos pieds et nos mains. Je te promets que ça va être nettement plus simple que la palissade de la grotte.

— Nettement plus haut, aussi !

Émilie me prend par les bras et me fixe dans les yeux.

— Fie-toi à moi. Regarde-moi ou regarde en haut, mais jamais en bas, O.K. ? Atchi ! Plus on va s'approcher du dessus du dôme, plus l'ascension va être facile, puisque le toit s'arrondit. Je suis sûre que… atchi… quand tu étais petit, tu as dû faire ce genre d'escalade dans un parc de jeux.

— Tu ne crois pas si bien dire, déclaré-je désemparé, en examinant le gigantesque dôme devant moi. C'est en tombant d'une grosse toile d'araignée en corde dans un parc que mes premiers symptômes de vertige sont apparus.

Émilie fait une drôle de tête.

— Quoi? Qu'est-ce que j'ai dit?

— Non, rien… sûrement une coïncidence. Atchi!

— Explique.

— J'ai horreur des insectes, et on en est entourés! Tu as le vertige à cause d'un jeu de corde, et voilà qu'on en a un géant à escalader!

— Et alors?

— Rien de spécial. Atchi! J'ai juste l'impression que les Agogo Pépé savaient qu'on allait se pointer tôt ou tard.

Je ne vois pas trop où Émilie veut en venir. Le bruit des papillons est de plus en plus perceptible. Émilie regarde le ciel.

— Le soleil commence à descendre. Les insectes se réveillent. C'est le temps d'y aller.

Émilie jette le sac de sport sur ses épaules menues. Elle semble complètement déséquilibrée par le poids.

— Tu ne veux pas que je le porte?

— Ça va, je suis capable et je préfère que tu ne sois pas encombré avec ça.

L'escalade commence. Les prises sont effectivement moins complexes que lors de l'ascension de la palissade, mais je n'ose pas imaginer la distance qui me sépare du sol et qui grandit à chacun de mes pas.

Émilie progresse à côté de moi. Elle me conseille à toutes les étapes de l'ascension. J'avoue que son aide est précieuse et que la montée en est plus facile. Je suis assez fier de ce que je suis en train d'accomplir.

Nous arrivons assez rapidement sur le dessus du dôme, qui est moins abrupt. Je me sens plus à l'aise, même si je vois sous mes pieds un vide énorme. Je ne peux pas cacher mon enthousiasme.

— Hé! Tu as vu ça? J'ai réussi! Je n'y crois pas…

— O.K., atchi! Mais reste sur tes gardes, ça n'a pas été tissé hier, ce truc…

— Émilie, combien tu gages que j'arrive avant toi au sommet?

— Non, François, ce n'est pas le moment de… atchi…

Je ne laisse pas le temps à ma partenaire de répondre. Je prends les devants et fonce comme une petite araignée sur l'immense toile qui surplombe les ruines

— François! me hèle Émilie, qui est restée sur place, incapable de me suivre.

J'ai l'impression de voler au-dessus du village à toute vitesse, c'en est presque amusant. Jusqu'au moment où… où je sens le sol se dérober sous mes pieds. Je perds totalement l'équilibre et mes repères. Impossible de me rattraper. Je ne sais pas ce qui arrive. J'entends Émilie qui panique à son tour.

C'est comme si mes quatre membres partaient dans tous les sens.

Un bout de corde me passe entre les doigts. Par chance, j'ai le réflexe de l'attraper. Ma position se stabilise. Ma seconde main parvient également à saisir le filet. Ouf! Je reprends mes esprits en une seconde et constate que je pends au-dessus d'un gouffre de près de vingt-cinq mètres.

Mon poids a dû briser une des mailles de la structure. Il s'est formé un trou de la taille d'une personne et… je suis passé au travers. Je beugle de toutes mes forces:

— ÉMILIEEEEE…

Je distingue ma compagne au travers du filet. Celle-ci vient de se décharger du sac à dos. Elle l'ouvre précipitamment.

— Viens vite, dis-je, désemparé.

— Aaaaatchhhhiens bon!

Émilie agit avec une précision et une rapidité désarmantes. En quelques secondes, elle sort la corde d'escalade de Jean-Pascal, la lance sur la haute branche d'un arbre qui maintient le filet géant et fixe une des extrémités autour de sa taille.

Elle arrive vers moi à toute vitesse.

Sans perdre une seconde, elle se penche, tête la première, dans le trou que je viens de faire et me passe la corde autour de la taille. L'instant d'après, je suis harnaché solidement.

Émilie sort la tête du trou.

— Je… je ne vais pas tenir très longtemps, l'avertis-je, alors que mes mains commencent à glisser. Donne-moi ta main, je vais essayer de remonter.

— Je ne peux pas te tirer de là avec mes bras, tu es trop lourd, on risque de tomber tous les deux. Faut y aller par contrepoids, comme en escalade. Il y en a toujours un qui soutient l'autre pour éviter une chute.

— Qu'est-ce que tu veux dire?

— Dès que tu sens une poussée qui te tire vers le haut, tu t'arranges pour te hisser hors du trou, compris? Va falloir que tu le fasses tout seul!

— Je…

Pas le temps d'en dire plus, Émilie est déjà debout. Elle prend un élan et se met à courir comme elle peut sur le dôme en direction de la paroi par laquelle nous sommes arrivés, c'est-à-dire en direction du vide. J'ai subitement une terrible intuition de ce qui va suivre.

Perchée au bord du gouffre, là où le filet est complètement vertical, la fille saute.

— ÉMILIEEEEE!

Automatiquement, la corde se tend. Son poids multiplié par la force de son élan occasionne un effet de levier grâce à une branche d'arbre qui me propulse directement hors du gouffre.

Dès que je suis sur mes pieds, je m'approche du vide dans lequel pend mon amie, tout en faisant attention de ne pas détendre le

cordage qui nous relie, ce qui pourrait entraî-
ner sa chute.

Je me penche au-dessus du trou. La fille
est accrochée au bout du fil à mi-hauteur.

— Est-ce que ça va?

Pas de réponse.

— ÉMILIE?

Ma compagne semble sortir de sa torpeur.

— Émilie, tu m'entends?

La fille se tourne la tête vers moi.

— Ah, tu es là, toi! Au moins, ça a marché, je ne me suis pas assommée pour rien!

— Et comment, que ça a marché! dis-je
en éclatant de rire, heureux de la voir en un
seul morceau.

Émilie ne met que quelques minutes à
remonter à ma hauteur.

— La prochaine fois, tu m'écoutes, O.K.?
Atchi!

Je baisse la tête, conscient de mon erreur.

— O.K., *boss*.

Émilie détache le nœud et enroule la corde
autour de son épaule.

Je dois bien admettre que cette fille m'étonne de plus en plus. Je ne sais pas comment j'aurais réagi si nos places avaient été inversées.

— Émilie…

— Quoi? Tu veux refaire un tour de manège?

— Merci.

— Tu aurais fait la même chose.

— Non! Je ne me serais certainement pas lancé dans le vide, dis-je en rigolant.

Nous terminons l'ascension sans grande difficulté.

Au sommet se trouve un trou circulaire de quelques mètres de diamètre, juste au-dessus de la plateforme d'éclairage.

— A… a… atchi! À quoi tu penses que ça servait? me demande la fille.

— Si on se fie à la lettre du marin, une partie de l'équipage a dû être transformée en papillons. J'imagine que les Agogo Pépé utilisaient cette plateforme pour faire un grand feu et attirer les mutants jusqu'à la porte du dôme.

— Et ils avaient le dôme moustiquaire pour se protéger des petits papillons et leur éviter d'aller se brûler les ailes.

— C'est comme ça que je le vois aussi.

Émilie redéploie la corde d'escalade qu'elle avait sur l'épaule.

— Va falloir descendre, m'avertit-elle avec un petit sourire.

— Plus d'imprudence, promis.

Ma compagne attache solidement une extrémité de la corde à plusieurs mailles du treillis.

— Ce n'est pas compliqué, tu t'enroules les jambes autour de la corde et tu te laisses glisser doucement en t'aidant de tes mains. Tu penses pouvoir y arriver? Tchi!

Je fais oui de la tête, sans pour autant en être certain.

— Tu passes le premier, m'annonce Émilie.

— M... moi?

— Je n'ai pas envie que tu me tombes dessus si tu ressens un malaise, m'avoue-t-elle en souriant.

Je m'arme de courage et prends la corde à deux mains.

Quand je lâche enfin le dôme pour me retrouver pendu dans le vide, uniquement attaché à cette corde, je n'ose plus bouger. Ça balance dangereusement dans tous les sens.

— Ne t'occupe pas des mouvements de la corde, me conseille Émilie. Fais aller tes mains pour descendre et, dans trente secondes, tu seras sur la plateforme... et surtout, regarde-moi. Atchi !

— D'accord... si tu arrêtes de me postillonner dessus !

Émilie rigole. Son rire me met en confiance. Je m'exécute tranquillement.

La progression se déroule bien et, au bout d'une minute, je suis en bas, soulagé.

Émilie descend à son tour. Elle me rejoint en quelques secondes.

Sur la plateforme, nous sommes entourés des projecteurs que Jean-Pascal a récupérés sur le bateau. C'est d'ici qu'il lançait des signaux lumineux pour attirer les papillons. Du haut du promontoire, nous avons une vue imprenable sur les ruines du village. Celui-ci était constitué en grande partie de petites maisons de bois, surmontées de toits de paille dont il ne reste pas grand-chose. Quelques habitations sont encore debout, mais, pour la plupart, seules les cloisons subsistent.

Nous sommes de nouveau dérangés par le bourdonnement. La nuit est en train de tomber et la lune pointe le bout de son nez. Le bruit dirige notre regard vers un coin du village que nous n'avions pas encore repéré.

On découvre, dissimulée derrière une grosse ruine, une cage grossièrement construite avec des branchages, presque aussi imposante qu'une maison. Ça grouille de papillons, là-dedans.

— Ils sont là! dis-je à Émilie.

Mon amie a un petit mouvement de recul en voyant ce que je lui montre.

— Mon Dieu! C'est épouvantable! Ils n'ont plus rien à voir avec des humains...

Nos quatre partenaires sont tous rassemblés dans le même enclos. Ils sont méconnaissables. Il ne s'agit plus que d'insectes géants.

— Tu as un plan?

— Euh... non, pas vraiment. On doit descendre près d'eux et essayer de savoir lequel est Dimitri... Atchi!

— Tu ne t'attends quand même pas à ce qu'il te parle ?

— Eh bien ! Va falloir trouver un moyen de communication, tranche Émilie en agrippant l'échelle qui nous mènera en bas.

Quelques secondes plus tard, nous avons les deux pieds au sol. Ouf ! Nous fonçons vers la cage.

— Et si Jean-Pascal est dans le coin, on fait quoi ?

— Aaaa… atchi ! S'il est dans le coin, il a dû nous entendre arriver, tu ne crois pas ?

À proximité de la cage, l'allergie d'Émilie est nettement plus forte. Elle n'arrête plus d'éternuer.

— Je ne peux pas m'avancer davantage, regrette Émilie en restant à quelques mètres du grillage.

— Lequel d'entre vous est Dimitri ? lance-t-elle, en désespoir de cause.

Pas de réaction.

Je m'approche un peu plus des prisonniers. Le spectacle n'est pas très encourageant. Les papillons sont encore amorphes, ils commencent tout juste à s'éveiller.

— Qui est Dimitri? s'égosille Émilie.

Tout à coup, un des lépidoptères agite vigoureusement les antennes.

— C'est lui! dis-je, enthousiaste.

— Atchi! Où est la radio! Atchi! Il n'y a rien sur la plage…

Comme je m'y attendais, l'insecte est incapable de communiquer. Pire: les quatre papillons se mettent maintenant à bouger frénétiquement. Impossible de savoir si nous parlons vraiment à Dimitri. Je suis un peu dépité.

— On n'arrivera à rien. Je ne suis même pas sûr qu'ils nous entendent.

— De fait… Leurs oreilles se sont atrophiées lors de la mutation, fait une voix derrière nous.

J'ai l'impression que les bestioles, en s'agitant, essayaient de nous prévenir du danger. J'ai immédiatement reconnu cette intonation.

— Jean-Pascal! sursaute Émilie.

— Faut croire que vous ne me faites vraiment pas confiance, lance l'homme en ricanant. Vous êtes venus jusqu'ici pour savoir si

Dimitri a bel et bien caché la radio, alors que je l'ai en ma possession!

Jean-Pascal nous montre l'appareil, qu'il a attaché à sa ceinture, et l'allume pour nous prouver son fonctionnement.

— Je ne vous ai pas menti, mais je ne m'attendais pas à ce que ce soit aussi facile de vous mettre la main dessus.

— Rendez-nous la radio! Ça n'a pas de bon sens de laisser les autres ainsi, faut appeler du secours, l'implore Émilie.

— Il me manque un cobaye… Lequel de vous deux se porte volontaire? questionne le chasseur de trésors.

— Vous croyez vraiment qu'on va accepter d'ingurgiter ces saloperies? demandé-je, en parlant des agrumes.

— Tu préfères peut-être que je t'attache et que je te les pousse dans la bouche? Vous n'avez aucun moyen de sortir d'ici. Vous êtes vous-mêmes entrés dans le piège à souris et la trappe s'est refermée.

Émilie et moi nous regardons. Faut tourner la situation à notre avantage. Il y a peut-être une possibilité.

— Si l'un de nous se sacrifie, l'autre doit avoir la radio, dis-je fermement.

Jean-Pascal éclate de rire.

— Tu crois vraiment que tu es en mesure de négocier, gamin ?

— Oui, rétorque Émilie. Vous ne savez pas comment vous rendre au temple. Nous, oui.

Je suis moi-même surpris de voir ma camarade sortir la carte de sa poche.

— Tu l'as gardée ?

— Sur les conseils de Jade, confirme la fille.

Émilie s'empresse de faire une petite boulette avec la carte, qu'elle avale tout rond.

— Hé ! bredouille Jean-Pascal, pris au dépourvu.

Je trouve l'idée d'Émilie très bonne, même si ce n'est pas avec ça qu'elle va prendre du poids.

— Vous donnez la radio à la personne qui ne subira pas de mutation et elle vous conduit au temple ! dis-je, bien décidé à profiter du désarroi de l'homme.

— Qu'est-ce qui vous fait dire que je ne peux pas trouver le chemin moi-même ? rétorque-t-il.

— Vous pourriez certainement, mais ça va vous prendre une éternité et celui qui restera utilisera ce temps-là pour sauver les autres, croyez-moi !

— Brrr, vous me faites frissonner, ironise Jean-Pascal. Mais admettons que vous puissiez effectivement me faire gagner de précieuses heures, je suis prêt à confier l'antidote, preuve de ma bonne foi, à celui ou celle qui me conduira au temple. Dès que j'aurai entre les mains la fortune que je suis venu chercher, on s'occupera d'envoyer un message radio pour que quelqu'un vienne nous secourir.

Je regarde Émilie. Va bien falloir accepter ce marché, nous n'avons pas d'autres choix. Cet arrangement risque toutefois d'être à double tranchant. Je n'aime pas que Jean-Pascal garde la mainmise sur notre seule possibilité de quitter cette île. Reste une question à laquelle ni Émilie ni moi n'avons envie de répondre.

— Alors, lequel des deux ? demande Jean-Pascal en jouant avec le kumquat qu'il

vient de sortir de sa poche. La fille ou le gars ?
Qui est le plus apte à me suivre jusqu'au bout ?

L'animateur lance le fruit dans notre direction. Émilie s'apprête à l'attraper, mais je
l'intercepte avant elle.

— Pas question que tu avales ça, avec ton
allergie. Ça pourrait te tuer avant que l'antidote fasse effet.

— Je peux toujours y aller doucement,
propose Émilie en me tendant la main.

— Laisse faire, dis-je, décidé. Tu as vu ce
que tu as fait tout à l'heure sur le dôme ? Tu es
certainement la plus débrouillarde d'entre
nous, je sais que nous pouvons compter sur
toi pour la suite.

Émilie a l'air confuse.

— T'es pas obligé de faire ça. Il y a sûrement une autre solution. Et puis, pas besoin
d'être un super héros pour envoyer un message radio dès que l'autre guignol a trouvé ses
babioles. Tu es tout aussi capable que moi.

Pour mettre fin à cette délibération qui
tourne en rond, je croque le fruit rouge à
pleines dents. Ma compagne garde le silence.

— Bien, bien, bien, approuve Jean-Pascal.
Voilà qui est fait !

L'animateur tend une petite fiole verdâtre à Émilie.

— Une goutte de cette mixture en dessous de la trompe de chaque papillon, uniquement quand la porte du temple se sera ouverte et que je serai entré. Si tu te précipites ou si tu me fais faux bond, tu pourras dire adieu à la radio et à ton retour au Québec.

Émilie attrape rageusement la fiole, qu'elle met dans sa poche.

Jean-Pascal se tourne vers moi.

— Je te suggère de trouver un endroit tranquille dans l'enclos, tu ne vas pas tarder à vomir, me prévient-il en retournant, souriant, par où il est venu. On se voit tout à l'heure, préparez-vous pour une petite marche !

Émilie me prend par la main.

— Je ne te laisse pas tout seul.

— Si, dis-je en retirant ma main, parce qu'il faut que tu réfléchisses à un moyen de nous sortir de là. Jean-Pascal ne nous laissera jamais quitter cette île.

— Qu'est-ce que tu veux insinuer ? me demande Émilie, inquiète.

— Il n'a pas voulu nous donner la radio, car c'est son seul moyen de ficher le camp d'ici, mais il ne quittera pas cet endroit avec six ados prêts à témoigner contre lui. Va falloir que tu t'empares de la radio avant qu'il disparaisse dans le temple, sinon on ne le reverra jamais.

Confessionnal d'Émilie

Ceci est, sans doute, le dernier message des survivants du jeu de téléréalité *Tiki Tropical.* Je sais que tout cela peut paraître absurde, mais si un jour quelqu'un tombe sur cet enregistrement, peut-être que la vérité pourra être connue sur notre disparition. Nous devions être pris en charge par une équipe spécialisée, mais un individu nous a trompés et s'est fait passer pour un animateur de la chaîne Crash TV. Je pense qu'au cours du voyage, il nous a drogués pour nous emmener sur cette île déserte. Une fois ici, il savait que nous ne pourrions aller nulle part et en a profité pour mettre tranquillement son plan à exécution.

J'ignore où nous avons échoué précisément. Nous sommes quelque part entre l'archipel polynésien et les îles Cook, sur une île nommée Avatere. De grâce, cherchez-nous...

Ce qui se passe ici est totalement surréaliste. Depuis notre arrivée, plusieurs de nos amis ont subi des mutations sérieuses, causées par l'absorption de fruits non comestibles qui nous ont été fournis par notre accompagnateur, Jean-Pascal Abolan.

C'est un personnage dangereux, il nous menace et tente de nous infliger la même transformation pour des raisons étranges, que je n'expliquerai pas ici de peur de faire passer ce message pour un canular.

Jean-Pascal détient une radio. Nous allons tout essayer pour la récupérer. Si nous y parvenons, nous lancerons un appel dès que possible.

Notre destination aurait dû être tout autre. Nous étions censés participer à une forme de jeu de survie, rien de comparable à ce que nous vivons ici. Il s'agissait d'une émission de télévision pour la chaîne Crash TV. Nous n'avons aucune nouvelle du reste de l'équipage depuis notre arrivée. Je soupçonne que Jean-Pascal a obligé le groupe qui nous escortait à quitter le navire avant que nous accostions sur Avatere. Impossible de savoir ce qui se passe, impossible de savoir si on nous cherche et, si c'est le cas, c'est probablement au mauvais endroit.

Au fond, moi qui n'étais au départ pas trop enthousiaste à l'idée de participer à un jeu de téléréalité, je trouve navrant que celui-ci ne se soit pas déroulé comme prévu. C'est dommage, plusieurs candidats ont été très déçus du naufrage et certains auraient mérité de gagner s'ils avaient été à la bonne place. Je pense entre autres à François et particulièrement à Samuel.

J'ai parlé longuement avec lui l'autre nuit, dans la grotte. Cette soirée-là a été une des plus maussades du séjour. Le gars était assis dans un coin à sculpter une roche qui ressemblait de plus en plus à une pointe de lance préhistorique. Comme je n'avais pas vraiment envie de discuter avec François, Samuel et moi avons passé la veillée ensemble.

Samuel avait une idée originale pour utiliser l'argent qu'il aurait gagné s'il avait terminé premier. Il m'a parlé d'une salle d'ordinateurs destinée aux petits gars de son quartier pour leur éviter d'être livrés aux gangs de rue... C'était la pointe de l'iceberg, c'est-à-dire la partie de son stratagème qu'il était prêt à exposer aux téléspectateurs et aux dirigeants de Crash TV.

À l'inverse de nous tous, Samuel avait déjà eu affaire à Crash TV d'une façon plus terrible encore que celle que nous vivons ici et qui prouve bien le laxisme de cette chaîne de télé-réalité.

Samuel, tout comme son paternel, a grandi dans un quartier de Montréal-Nord. La différence entre son père et lui ? Le premier est tombé dans la délinquance dès sa plus tendre enfance, tandis que l'autre l'a évitée grâce à sa mère, des intervenants sociaux et une volonté de fer. De petit délit en petit délit, le père de Samuel a fini par faire son chemin… jusqu'en prison, où il a écopé d'une peine de vingt ans de réclusion pour homicide lors d'un cambriolage. Jusqu'au jour où une émission de téléréalité s'est intéressée à lui.

Samuel m'a avoué, en tapant sauvagement sur son silex, qu'il voulait utiliser l'argent gagné à *Tiki Tropical* pour attaquer en justice les dirigeants de Crash TV et leur faire payer ce qu'ils ont fait à son père lors de l'émission

Évasion 24 heures. Ainsi, Crash TV aurait financé son propre déclin.

Sur le coup, et voyant ce que cette chaîne nous a fait subir, j'ai eu envie de me joindre à lui.

Fallait vraiment avoir l'esprit d'un joueur comme Samuel pour penser à une stratégie pareille. Je regrette que nous ne soyons pas sur la bonne île, car j'aurais aimé aider sa cause. Je sais ce que c'est que d'être éloigné et séparé de son père. Et si on soupçonne quelqu'un d'en être responsable, c'est impossible de le lui pardonner.

Je n'étais pas inscrite à ce jeu pour gagner de l'argent. Mon médecin m'y a fait participer pour que je reprenne contact avec moi-même. J'ignore si ça a réussi. Bien sûr, je n'ai pas eu à camoufler ma personnalité, je crois que j'ai été fidèle à mes convictions depuis mon arrivée sur cette île et elles se sont avérées exactes. Ça m'a beaucoup aidée dans mon cheminement. La vraie question est de savoir si je serais capable de surmonter une rencontre avec ma mère.

Même si ça ne veut pas dire grand-chose pour vous qui ne me connaissez pas, je me pose souvent la question suivante : si je tombais dans une fourmilière aujourd'hui et que ma mère répétait le même manège pour voler l'attention de mon père, comment est-ce que je réagirais ? J'ai parfois peur de la réponse.

Si l'occasion se présente, j'essayerai de mettre cet enregistrement à la mer, comme le faisait Antoine d'Alby avec ses lettres. En espérant une aide providentielle qui, je le crains, arrivera probablement trop tard.

Je ne suis pas forte en biologie, je n'en sais pas beaucoup plus que ce qu'on m'a appris à l'école, mais je me souviens d'un cours consacré aux papillons nocturnes. Il y a une caractéristique propre à ce type de papillon qui me trotte dans la tête depuis quelque temps. Je suis sûre que c'est à cause de cette caractéristique que Jean-Pascal a accepté notre aide pour trouver le temple plus vite. La durée de vie de ces papillons n'excède jamais une semaine. Pour certains d'entre nous, il est presque déjà trop tard.

ÉPISODE 6
Émilie

Cela fait un bon moment que nous marchons dans cette jungle, en pleine nuit, à deviner approximativement où nous allons. Une heure après que nous avons pénétré dans le dôme, le pauvre François ressemble déjà aux autres; il est méconnaissable. Je n'arrive même pas à distinguer les cinq insectes.

Jean-Pascal a bricolé un sac à dos avec un vieux panier d'osier indigène dans lequel il a placé une batterie et un gros projecteur. Celui-ci envoie une lumière blanchâtre que les papillons suivent en permanence. Jean-Pascal m'a confié le ballot et a libéré les papillons. Depuis, la progression est lente. Les insectes ont une démarche presque mécanique et n'avancent pas très vite. J'essaye de les garder à une bonne distance. Le fait qu'il raffolent du jus de kumquat provoque chez moi des crises d'allergie.

Ça fait un moment que j'épie le ceinturon de Jean-Pascal auquel il a attaché la radio portative. J'ai beau retourner la situation dans tous les sens, je ne vois pas comment je peux mettre la main dessus pour l'instant. Faudrait que je me départe du sac à dos en un temps record, que je lui saute au collet et que je tente de la lui dérober. Bref, j'ai toutes les chances de me faire attraper.

— Sois patiente, me lance-t-il en croisant mon regard, tu auras tout le temps de passer un coup de fil dès que j'aurai découvert ce que je suis venu chercher.

— Pourquoi nous?

— Vous ou d'autres, ça n'avait pas vraiment d'importance. Lorsque j'ai entendu que cette chaîne de télé cherchait un animateur qui connaissait cette région, la coïncidence était parfaite. On m'offrait sur un plateau d'argent les idoles dont j'avais besoin. Ayant fait longtemps de l'animation et ayant organisé des voyages d'aventure dans cette partie du monde, je n'ai eu aucun mal à me faire embaucher.

— Mais l'équipe technique qui nous ac-
compagnait?

— Pouah, ces pâtes molles! Ils avaient le
mal de mer avant même d'embarquer sur le
bateau. Des urbains de Montréal… À mourir
de rire! Dès que l'embarcation a commencé
à tanguer à l'approche d'Avatere et de son
microclimat tourmenté, ils ont paniqué. Si
on ajoute à ça le bris providentiel du gouvernail contre un haut-fond, la situation était
devenue idéale pour moi. Je savais que nous
n'étions pas perdus et que les courants allaient
nous mener directement vers Avatere. Par
contre, j'ai fait croire aux membres de l'équipe
technique que nous allions avoir besoin
d'aide. Vu la tempête, la radio ne donnait
pas grand-chose. Je n'ai pas eu à insister beaucoup pour qu'ils grimpent à bord du canot de
sauvetage afin d'essayer de trouver du secours.
Ils ont tout gobé et sont partis *illico presto*.

— Il n'y avait pas un autre moyen de récupérer votre fichu trésor que de changer mes
camarades en papillons?

— Pour ce que j'en sais, la porte du
temple ne réagit que si des papillons sont
apportés à titre d'offrandes. Ne me demande
pas pourquoi. Les Agogo Pépé ne sacrifiaient

pas de jeunes vierges. Leur rituel à eux, c'était de transformer le monde en insectes. Chacun son truc!

Je jette un œil à l'étrange procession qui nous suit dans une lumière blafarde. À la télévision, cette mise en scène aurait certainement été du plus bel effet et aurait, sans aucun doute, donné des images saisissantes.

— Vous n'êtes pas du genre à avoir des scrupules, vous!

— Pourquoi en aurais-je? Vous vouliez participer à une expérience de survie. C'est pas mal ça que vous avez vécu, non? Où est le problème? Dès que ce sera terminé, tes camarades reprendront leur forme humaine et tout rentrera dans l'ordre.

— C'est quoi, ce fabuleux trésor que vous convoitez?

— Comment veux-tu que je le sache? C'est la première fois que je viens! Tu es tannante, avec tes questions. La légende se propage dans ma famille depuis qu'on a retrouvé mon arrière-arrière-grand-père à moitié mort dans une barque. Personne n'a jamais osé s'aventurer jusqu'ici. Moi, j'ai décidé de tenter le coup.

— Vous avez fait tout ça sans même savoir ce que vous veniez chercher ?

— Je suis chasseur de trésors depuis des années, O.K. ? C'est cette légende qui m'a donné la vocation. Alors, me rendre sur Avatere, c'était un peu comme une consécration. Je ne sais pas ce que recèle cette île, mais si mon ancêtre a pris la peine de relater son récit avec tant de précision, c'est sûrement parce que ce qui s'y trouve a une certaine valeur marchande.

— Eh bien ! J'espère que…

— Hé ! Ça va faire, les commentaires ! Je ne t'ai pas demandé d'analyser mes motivations. Contente-toi de m'emmener au temple, O.K. ?

— Bon, bon, ça va…

Je m'éloigne quelque peu du personnage. Je marche en tête de la troupe, suivie par la meute de papillons. J'avoue que plus je les vois, plus j'ai une fascination pour ces êtres mutants. Ils ont une démarche très saccadée qui ressemble presque à celle d'un automate. Leurs ailes ou leurs antennes batifolent de temps en temps comme s'ils communiquaient entre eux par signaux.

Le terrain est en pente constante. Le temple doit se trouver sur un flanc du volcan. Je m'épuise de plus en plus. Le matériel que je porte sur le dos commence à peser vraiment lourd. Le comble, c'est que nous traversons un recoin de la jungle particulièrement dense et je dois me tortiller dans tous les sens pour parvenir à me frayer un chemin dans la végétation.

— Active un peu la manœuvre, grogne Jean-Pascal. On est mieux d'arriver avant l'aube, sinon on ne tirera plus rien de ces bestioles.

— Vous aimeriez peut-être prendre ma place?

— Moi, je dis ça, c'est juste si tu veux sauver la peau de tes amis…

— Qu'est-ce que ça signifie? demandé-je, inquiète.

— Voyons, tu es une fille intelligente, tu dois savoir ça. Les papillons nocturnes ne vivent pas très longtemps. Certains en sont peut-être à leur dernière nuit. S'ils ne reçoivent pas l'antidote avant l'aube, ceux-là ne survivront pas.

Je le savais! J'étais certaine que Jean-Pascal était au courant de ce facteur de risque.

— Et vous, vous n'aurez pas votre trésor…

— Tu oublies un détail, jeune fille. J'ai un papillon de rechange!

— Quoi?

En guise de réponse, Jean-Pascal émet un grand rire satisfait. Il parle de moi, bien sûr.

Je mets les bouchées doubles pour avancer plus vite et nous frayer un passage à mains nues dans une jungle de plus en plus épaisse. À croire que c'est fait exprès, que c'est par ici qu'il faut passer. En tout cas, je suis sûre d'avoir le chemin bien en tête. J'ai mémorisé tous les points de repère qui étaient sur la carte. Je ne doute pas que nous progressons dans la bonne direction.

Mon harnachement me coupe les épaules. Dieu que ce projecteur est lourd! Les papillons suivent toujours, mais eux aussi commencent à ressentir la fatigue du voyage.

Après une autre demi-heure de marche épuisante, nous arrivons enfin sur un sol plus rocailleux, face à une énorme pyramide de pierre grossièrement construite. Ici, bien que très présente, la végétation n'a pas étouffé le paysage. Passé le temple, on peut voir l'île s'étendre sur plusieurs kilomètres et, au-delà, les étoiles qui se reflètent dans l'océan. Si nous avions un peu plus de temps, j'admirerais volontiers le panorama.

Jean-Pascal allume une torche. Il éteint le projecteur que je trimballe sur les épaules et embrase avec son flambeau cinq petites vasques placées devant le temple. L'endroit scintille de mille feux.

— Le *marae*, annonce Jean-Pascal.

— Le quoi?

— Le *marae*, c'est ainsi que se nomment les temples polynésiens.

Devant l'énorme pyramide s'étale une grande cour en pierre, d'une quarantaine de mètres de large, ceinturée par d'autres rochers placés à la verticale pour clôturer le site. À l'entrée, je remarque plusieurs statues en forme de papillons.

Dans cette cour, chaque statue est disposée devant une grosse dalle de pierre massive légèrement surélevée.

Instinctivement, les cinq papillons vont se placer d'eux-mêmes sur les dalles.

La pyramide n'a rien à voir avec un monument égyptien. Nettement moins élancée, elle est construite en escalier et semble de construction grossière. Elle ne se termine pas en pointe, mais bien par un large toit plat sur lequel se dresse un autel. Ses dimensions à la base doivent être d'une quarantaine de mètres de profondeur sur vingt mètres de côté. J'estime sa hauteur à vingt mètres. Ce décor est tout simplement somptueux. On se croirait dans un film de pirates ou quelque chose comme ça.

Jean-Pascal m'aide à retirer le gros sac que j'ai sur le dos. Je suis tout endolorie.

— Bon, tu t'en es pas si mal tirée, finalement. Tu es plus résistante que je pensais !

— N'espérez pas vous débarrasser de moi aussi facilement.

Jean-Pascal me renvoie un rictus.

— Désolée, mais, à première vue, il n'y a pas de porte à votre temple, dis-je en indiquant la massive pyramide.

— Laisse-moi juger de ça, tu veux ? Tu vas rester en bas et surveiller les papillons. Si l'un d'eux s'écarte de son socle, tu t'arranges pour le remettre dessus.

Sur le coup, j'espère qu'une telle chose n'arrivera pas, car rien qu'à l'idée de toucher ces bestioles, un frisson me parcourt le dos.

Jean-Pascal a l'intention de monter les marches qui mènent au sommet du temple indigène. C'est peut-être pour moi l'occasion de profiter de son inattention pour mettre la main sur l'émetteur-récepteur. S'il y a une porte ou une trappe sur le toit de la pyramide, il faut que je subtilise la radio au moment où Jean-Pascal pénétrera à l'intérieur. À ce moment-là, il sera peut-être assez distrait pour ne pas remarquer ma présence.

Je me poste dans un coin, près de la base de la pyramide, tandis que l'animateur entreprend l'ascension. Il va falloir que je le suive de près si je ne veux pas rater ma chance.

Alors que le chasseur de trésors se trouve à mi-hauteur, je m'aperçois qu'un des papillons commence à faiblir. Oh non! J'espère qu'il n'est pas en fin de vie. Le premier participant à avoir été transformé est Dimitri, il y a un peu moins de six jours de ça. Se pourrait-il qu'il soit déjà trop tard pour lui? Avec la marche forcée qu'ils ont dû faire, les papillons se sont peut-être épuisés plus vite que prévu.

Je ne peux pas faire grand-chose, si ce n'est me dépêcher. Le papillon a l'air de tenir bon. J'en profite pour foncer derrière Jean-Pascal, qui est sur le point d'atteindre le toit de la pyramide.

L'escalier est particulièrement raide. Il est difficile de garder l'équilibre sur des marches aussi étroites. Je fais mon possible pour maintenir le poids de mon corps vers l'avant afin de ne pas basculer dans le vide.

Je ne distingue plus le chercheur de trésors qui, maintenant, est parvenu au sommet. Pourvu qu'il ne disparaisse pas à l'intérieur avant que j'arrive en haut.

Je suis soulagée quand, quelques minutes plus tard, j'atteins le sommet. Jean-Pascal est en train de manipuler un gros levier de bois massif dissimulé sous l'autel. Je reste collée à l'escalier de sorte que seul le dessus de ma tête dépasse la dernière marche.

L'animateur me fait dos. C'est l'occasion ou jamais. Je monte délicatement sur le toit du bâtiment en essayant de faire le moins de bruit possible. Au même moment, Jean-Pascal actionne le levier dans un grondement sourd. Le sol tremble sous nos pieds. Je ne sais pas ce qui est en train de se passer, l'animateur non plus.

Je profite de son désarroi pour me faufiler derrière lui dans le but de détacher doucement la radio de son ceinturon.

À l'instant où je m'empare de l'appareil, je sens le sol se dérober sous mes pieds. Je suis déséquilibrée. Le mouvement du plancher me fait culbuter vers l'avant. Je m'effondre sur l'animateur, qui se demande ce que je fais là. Il remarque où est placée ma main. Il la saisit et me regarde d'un air glacial.

— Vous n'avez jamais eu l'intention de nous donner la radio après avoir trouvé le trésor, dis-je pour ma défense.

— Et du coup, tu as eu envie de venir jouer les héroïnes pour sauver tes camarades. L'antidote ne te suffisait pas!

— À quoi bon les sauver si c'est pour ne jamais quitter cette île maudite?

Le toit de la pyramide est en train de s'ouvrir en deux. Il ne reste pratiquement plus de place pour nos pieds. Jean-Pascal profite de l'occasion.

— Si tu la veux, va falloir venir la chercher, me lance-t-il en sautant dans le trou
béant tout en me tenant le poignet.

Je bascule aussitôt vers l'avant et plonge
avec lui dans le gouffre.

Trou noir.

* * *

Nous dévalons à toute vitesse ce qui ressemble à une glissade faite de grosses dalles de
pierre. Je distingue vaguement Jean-Pascal, il
y a très peu de lumière qui arrive jusqu'ici.
L'animateur est à quelques mètres devant
moi. Je crois que, dans notre altercation, la
radio s'est détachée de son ceinturon. Je l'ai
entendue se frapper contre les rochers qui
forment la cloison de ce tunnel. Il me faudra
remettre la main dessus dès que nous serons
en bas… C'est d'ailleurs un détail qui m'ef-
fraye : arriver en bas. Nous allons de plus en
plus vite et je prie pour que notre chute soit
amortie par quelque chose. Je ne tarde pas à le
savoir.

Mon atterrissage ressemble à une plon-
gée dans du Jell-O. Le choc est complètement absorbé par une matière gluante dans
laquelle je m'enfonce jusqu'à la taille. Il fait

un noir d'encre. Où suis-je ? J'essaye de tâter le terrain. C'est comme s'il était en perpétuel mouvement. Il règne ici une puanteur épouvantable. J'ai du mal à respirer.

Peu importe, je dois agir vite. Faut que je récupère la radio. Je ne sais pas où elle est tombée, mais je dois mettre la main dessus avant Jean-Pascal. J'avance, les mains tendues devant moi. Partout, le terrain est le même. J'ai l'impression de progresser dans un bol de nouilles. C'est vraiment très étrange.

J'entends Jean-Pascal pester un peu plus loin à ma droite.

— Quoi ! Il est où, le formidable trésor ?

Il faut que je profite de cet instant où Jean-Pascal est obnubilé par son trésor pour dénicher ce fichu émetteur-récepteur portatif.

Je me déplace à tâtons. J'arrive face à un mur. Je touche des moellons de pierre. Aucune trace de la radio. J'ai peur que la substance dans laquelle je baigne l'ait engloutie. Une partie du mur laisse passer de l'air frais. Je m'approche. C'est un puits d'aération ou un interstice entre les roches, aucune idée. Il est obstrué par un tas de cochonneries. Je me mets sur la pointe des pieds pour parvenir à le désencombrer. En quelques mouvements de mains, l'orifice est dégagé. Beurk! C'est vraiment dégoûtant.

De l'air… ouf, pour un court instant, je respire mieux. Il suffit par contre de me retourner pour étouffer de nouveau et avoir une envie de vomir doublée d'une terrible peur panique.

Une faible lumière éclaire maintenant une partie de la pièce. Je constate avec horreur que la matière dans laquelle je progresse depuis tout à l'heure n'a rien à voir avec du Jell-O: j'ai atterri dans une cave qui grouille de chenilles blanchâtres! J'en ai partout. Le plafond et les murs sont complètement recouverts de cocons qui pendouillent. Cette pièce… cette pièce a dû être conçue pour la métamorphose des *bombyx*…

— Quoi? vocifère Jean-Pascal. C'est ça, le trésor? De vulgaires limaces?

L'animateur est hors de lui. Il n'ose pas avouer son échec. Pris de rage, il fouille le sol en espérant découvrir un coffre ou un objet d'une quelconque valeur. Avec de grands gestes, il fait voler des chenilles blanches dans toute la cave, au point de m'en envoyer dessus.

J'ai une affreuse envie d'appeler mon père à l'aide, mais je sais très bien qu'il ne viendra pas. Cette fois, je joue cette partie toute seule. Si je veux m'en sortir, c'est à moi de trouver la solution.

Je me secoue dans tous les sens, je cherche un moyen de m'extirper de cette mer de vers gluants. En m'appuyant contre le mur pour éviter de subir l'effet de pelleteuse produit par Jean-Pascal, je pose la main sur une série de petits cocons vides. Dégoûtée, je la retire aussitôt, mais une substance filandreuse blanche me reste collée sur les doigts. Malgré ma répugnance pour ce genre de choses, je dois admettre que cette matière est très douce et très agréable au toucher. Je décortique un des cocons tout en me rappelant mon cours sur les papillons de nuit…

— De la soie ! Ce sont des vers à soie…

J'attends que Jean-Pascal se redresse pour lui envoyer mes cocons en pleine face.

Il est surpris par mon geste.

— Ils étaient des producteurs de soie ! C'est ça, le trésor des Agogo Pépé. Leur fortune, c'était la soie qu'ils produisaient et dont ils se servaient sans doute comme monnaie d'échange avec d'autres peuplades.

— Quoi ?

— Votre ancêtre aurait certainement pu faire fortune en commerçant avec eux. C'est ça, le trésor dont il parle.

Jean-Pascal ne peut pas contenir sa rage.

— Non, non, ça ne peut pas être ça, c'est grotesque !

Je m'éloigne de l'animateur, qui continue ses fouilles en désespoir de cause quand, subitement, mon pied heurte quelque chose au sol. Je tâte doucement l'objet du bout des orteils de peur qu'il m'échappe.

La radio !

Le fait qu'elle se trouve à portée de pied me ramène l'image de mon bracelet enfoui dans la fourmilière. Je n'ai jamais osé mettre la main dans le nid pour le récupérer, j'avais bien trop peur de ce que j'y trouverais. C'est pire aujourd'hui, je sais précisément ce qui grouille sous ma taille et qui me grimpe dessus. Je ne risque même pas un coup d'œil tellement ça me dégoûte.

Quand j'étais petite, j'ai cru que mes parents avaient divorcé, entre autres, parce que papa savait que j'avais perdu ce bracelet, parce que ça l'avait déçu. Avec l'âge, on apprend à faire la différence entre les vraies raisons et celles qu'on imagine. Malgré tout, je n'ai jamais abordé la question avec mon père, de peur de sa réponse. C'est étrange comment vont les choses de la vie, comment on peut se retrouver à l'autre bout du monde dans une situation similaire. La différence, cette fois, c'est que je sais que mon père ne viendra pas et que cinq personnes dehors attendent que je ressorte avec l'émetteur gisant à mes pieds. Je suis leur seul recours.

Je n'ose pas imaginer la méthode que je vais devoir utiliser pour l'attraper. Je pense que je vais avoir un malaise.

Jean-Pascal me fixe d'un regard étrange en voyant mon teint qui a dû virer au vert.

— On dirait qu'on va passer un moment ici. Enfin… on a de quoi manger ! plaisante-t-il.

Sa réflexion me lève le cœur. Je ne me sens pas bien du tout. Je manque d'air.

Faut que je sorte et vite. Ça ne dépend que de moi. Je peux y arriver. Je mets mon pied sur la radio pour la situer. Je retiens mon souffle et, surtout, je ne pense pas à ce que je suis en train de faire.

Je plonge.

Mon premier essai ne donne rien, sinon que je me sens tellement mal que je vomis de dégoût. J'ai la tête couverte de chenilles. J'en ai plein les vêtements.

Jean-Pascal me regarde, étonné, puis comprend la raison de mon geste.

— Où elle est? beugle-t-il en fonçant vers moi. Où est la radio?

Pas le choix, je m'enfonce de nouveau. Cette fois, c'est bon, je l'attrape et l'attache solidement à ma ceinture avant que l'autre s'aperçoive de quoi que ce soit. Je refais surface. C'est comme si on m'avait versé un bol de macaronis sur la tête. Jean-Pascal arrive à ma hauteur.

— Elle est ici, n'est-ce pas?

Je fais mine de chercher sans lui répondre.

— Ouais, c'est ça, ricane-t-il, elle est ici et tu espères la trouver avant moi.

Je me dirige vers le puits d'aération en faisant semblant de tâter le terrain. Une fois au-dessous, je prends volontairement une expression de satisfaction. Jean-Pascal tombe dans le panneau.

— Ha! ha! Elle est là… tu n'as aucune chance, glousse le chasseur de trésors qui, sans réfléchir, plonge tête la première.

Dès que Jean-Pascal a le dos suffisamment courbé, je me donne un petit élan et grimpe dessus. Il se redresse immédiatement, comprenant que je suis en train de lui passer sur le corps. Je me sers de son mouvement pour me propulser dans la bouche d'aération qui laisse entrer l'air de l'extérieur. Le conduit est très étroit, mais c'est mon seul moyen de sortir d'ici ; il faut que je m'y faufile.

J'entends Jean-Pascal pester derrière moi. Ici, il ne m'aura pas. Impossible pour lui de s'introduire dans un conduit aussi petit. Je vérifie que j'ai la radio. Tout va bien. Je vois la lumière du jour. La sortie est juste devant moi.

* * *

À l'extérieur, la lumière de l'aurore a envahi le paysage. C'est à peine si j'ai la force de me remettre debout. La progression dans le conduit s'est avérée beaucoup plus périlleuse que je l'aurais cru, je n'avais presque aucune liberté de mouvement. Je prends deux secondes pour souffler et aspirer quelques bouffées d'air frais. Je suis encore couverte de ces affreuses chenilles. Je me secoue pour faire tomber le reste de mes locataires. Je profite du grand air, qui me fait du bien. Je regarde le ciel ; un petit papillon de nuit semble fuir la lumière et va se réfugier dans l'ombre des broussailles.

Les papillons !

Mon sang ne fait qu'un tour. Là où se trouvent les lépidoptères, il ne tardera pas à faire plein soleil. Faut que j'aille leur donner l'antidote avant qu'ils s'éparpillent dans la jungle.

Je fais le tour du *marae* afin de revenir dans la grande cour. Plusieurs papillons sont avachis sur leur dalle. Dimitri – du moins, je suppose qu'il s'agit de Dimitri – n'est pas beau à voir. Je dois intervenir rapidement.

Je sors le petit contenant de ma poche et, malgré mes quintes d'éternuement, j'administre à chaque papillon quelques gouttes du précieux mélange. J'ai peur qu'il ne soit trop tard, certains insectes ne semblent plus réagir du tout.

Peut-être dois-je leur laisser un peu de temps…

Je m'éloigne donc quelques instants et j'en profite pour m'occuper de la radio. L'endroit est idéal pour lancer un appel, je surplombe toute une partie de l'île et l'océan s'étend à perte de vue. Aucun bateau à l'horizon. Devrais-je attendre d'en voir un ? Aucune idée. Je ne suis même pas certaine de savoir comment activer ce machin.

Je triture les différents boutons comme je peux. Je n'entends que de faibles grésillements de temps à autre. Rien à faire, ce bidule n'a pas l'air de fonctionner. Je devrais attendre que Dimitri ait repris sa physionomie normale pour lui laisser le soin d'utiliser l'appareil.

Je refais un essai à tout hasard. Nouveaux grésillements, puis un gros bourdonnement. Je me colle l'oreille sur l'émetteur. Ça ne semble pas provenir de là. Je le secoue. Il va bien finir par fonctionner. Je tourne le bouton de changement des chaînes. Le bourdonnement se fait de plus en plus fort. J'ai du mal à entendre les sons qui sortent du haut-parleur. Qu'est-ce que c'est que ce vacarme ? Je me tourne vers les papillons, les croyant responsables de tout ce brouhaha. Pas du tout, ils n'ont pas bougé.

Comme si ça ne suffisait pas, le vent se met à souffler. Je reçois des bourrasques violentes en plein visage. Et puis, subitement, une voix. Une voix dans la radio. Quelqu'un parle, je distingue à peine le son de sa voix, il y a trop de bruit. Je m'époumone sur l'émetteur en espérant être entendue.

— Allo, allo ? Qui êtes-vous ? Nous avons besoin d'aide…

Rien à faire, je n'ai pas l'impression d'être comprise.

Tout à coup, un souffle de vent me propulse quelques pas en arrière. Je suis à deux doigts de tomber à la renverse quand, à une vingtaine de mètres devant moi, j'aperçois un hélicoptère.

Un hélicoptère ! Nous sommes sauvés !

Je retrouve mon équilibre comme je peux et fais de grands signes au pilote. Il m'explique par gestes qu'il va se poser à proximité.

Sur le coup, je me demande bien comment ce pilote a pu nous localiser. Je ne tarde pas à comprendre lorsque l'engin pivote sur la droite, laissant apparaître le logo de Crash TV sur le flanc de l'appareil.

Enfin.

Confessionnal de Jade

J'avoue qu'après avoir lu ce qu'on me demandait de faire, j'étais assez sceptique. L'idée proposée par Crash TV me semblait très audacieuse mais, en même temps, particulièrement difficile à réaliser. Je ne voyais pas trop comment, techniquement, il serait possible de faire un jeu de téléréalité sur les thèmes du fantastique et de l'horreur. Je ne parle pas du point de vue des effets spéciaux, puisque, aujourd'hui, tout est réalisable, mais plutôt de l'approche qu'auraient les candidats en se prêtant au jeu.

Ce que je veux dire, c'est qu'une personne qui participe à une téléréalité destinée à lui faire peur a de bonnes chances de ne pas avoir peur du tout, puisqu'elle sait à quoi s'attendre. Quand on m'en a parlé, disons que j'étais certaine que ça ne marcherait pas.

Alors, vous vous demandez peut-être pourquoi j'y ai participé? Tout simplement parce que c'était très payant. Très payant pour le gagnant, évidemment, mais très payant pour moi aussi.

Certains d'entre vous m'ont peut-être déjà vue dans des messages publicitaires, mais je travaille surtout dans le doublage de films. Si j'avais été trop connue, Crash TV ne m'aurait certainement pas engagée.

Je suis comédienne.

Comme je n'avais pas grand-chose à faire professionnellement durant cette période, j'ai accepté le rôle, même en sachant que cette émission ne se rendrait peut-être pas jusqu'au bout.

J'avoue m'être trompée. Je n'avais pas tenu compte des idées géniales qui pouvaient sortir de la tête des concepteurs de la chaîne.

Tiki Tropical fracassera un record d'écoute non seulement grâce à des candidats particulièrement bien sélectionnés, mais surtout grâce à un principe tout simple…

La meilleure façon de faire paniquer les candidats et de les plonger en plein cœur d'un jeu qui mêle l'angoisse, la peur, le suspense et l'horreur, c'est précisément de les convaincre qu'ils ne sont plus dans un jeu.

Bien sûr, les candidats ont été choisis pour leurs aptitudes physiques, mais aussi pour leurs peurs les plus profondes. Il était assez clair, dès le départ, que la partie se jouerait entre François et Émilie, deux candidats avec des passés «très porteurs», comme disait le réalisateur. Le choix des épreuves finales a été adapté en fonction des déclarations que ces deux candidats ont faites lors de rencontres avec les psychologues de l'émission avant le tournage. Tout était prévu, tout était calculé.

Mon rôle dans tout ça était assez simple. J'aurais dû, bien sûr, donner l'idée du confessionnal aux candidats, mais François a compris tout de suite la fonction de la caméra que nous avons trouvée sur la plage.

Ma tâche ne s'arrêtait pas là. J'étais chargée de diriger les candidats, de leur expliquer comment le faux naufrage s'était passé, de leur montrer l'émetteur-récepteur portatif, de les emmener à l'épave, de leur montrer le coffre, de leur faire découvrir le sac de

Jean-Pascal. Un tas de petites choses simples qui allaient faire progresser l'émission dans la direction que souhaitait le metteur en scène.

On peut se poser des questions en ce qui concerne la sécurité nécessaire à une telle entreprise. Et si, à la demande de la direction, je prends le soin d'en parler, c'est pour bien faire comprendre que de l'eau a coulé sous les ponts depuis *Évasion 24 heures*. Crash TV a retenu la leçon. Faut savoir que, cette fois, l'équipe de secours, qui comprend des sauveteurs, des médecins, des plongeurs, des cascadeurs et j'en passe, était l'équipe la plus importante de toutes. Aucun détail n'a été laissé au hasard. Dès le début, alors même que les candidats buvaient, sans le savoir, un léger sédatif avec leur cocktail de l'amitié, des normes de sécurité très strictes ont été mises en place. Des plongeurs entouraient l'épave que Dimitri a fouillée. Celle-ci était, bien entendu, une réplique du bateau qui nous a emmenés ici. La chute de Samuel a été amortie par des matelas spéciaux disposés sous une fine couche de sol, un système de murs escamotables était installé dans la chambre des cocons au cas où les choses tourneraient mal, l'épave du *Brigantin* était rembourrée de cartons qui auraient amorti une chute… c'est d'ailleurs pour cette raison qu'il a si bien brûlé.

À tout moment, des dizaines de personnes étaient prêtes à intervenir. Si quoi que ce soit de grave s'était produit, tout aurait été arrêté.

J'ai cru, un moment, que Samuel participerait au sprint final aux côtés d'un des deux autres candidats. Apparemment, en studio, personne n'avait fait le lien entre Samuel et son père. Il avait pris soin de très bien cacher son jeu. Si Samuel avait gagné cette somme d'argent, il aurait effectivement pu attaquer Crash TV en justice. Visiblement, le jury, formé d'une équipe de scénaristes, en a décidé autrement…

SÉQUENCE 246 : EXT.-ÎLE AVATERE-JOUR

Indicatif musical de l'émission. L'hélicoptère se pose à proximité de la pyramide. Les autres concurrents en sortent et applaudissent la lauréate, Émilie. Ils se placent près d'elle. François la serre dans ses bras.

Les équipes techniques sortent de leur cachette et applaudissent également la gagnante.

Émilie est déstabilisée. Elle ne comprend pas ce qui est en train de se passer. Gros plan sur le visage pour capter toute l'émotion. Elle est surprise et esquisse un léger sourire.

Son ami François la prend par les épaules pour la réconforter et lui explique ce qu'il en est.

François
« Quand j'ai mangé le kumquat, un des techniciens est venu me chercher et m'a aussitôt

fait quitter le plateau, et l'équipe technique m'a remplacé par un papillon robotisé. »

Émilie

« Tu... tu l'avais compris ? Tu croyais toujours qu'on était dans un jeu ? »

François

« Non, je te jure que, depuis nos retrouvailles avec J.-P., j'étais comme toi, je n'y croyais plus. »

Jean-Pascal surgit d'une porte dérobée du *marae* et s'approche d'Émilie, entourée des autres joueurs. Il a eu le temps de se changer et porte maintenant une tenue impeccable d'aventurier. Il enlace la lauréate et lui fait la bise pour la féliciter. Il sort un micro de sa poche.

Jean-Pascal

« Que de rebondissements, n'est-ce pas, Émilie ? Quelle formidable aventure vous avez tous vécue, ici, sur le plateau de *Tiki Tropical* ! Une expédition que n'oublieront pas de sitôt tous les téléspectateurs qui vous ont suivis au cours de cette incroyable semaine. Alors, comment qualifierais-tu ta participation à notre première saison ? »

Émilie

« Je... euh... Alors, vous ne cherchez plus le trésor de votre arrière-arrière-grand-père ? »

Jean-Pascal

« Non, bien sûr. Je n'ai jamais cherché le moindre trésor. Tout ça n'était que de la comédie justifiée par la mise en scène. »

Émilie

« De la comédie ? »

Jean-Pascal

« Il fallait que tout se tienne, il fallait une histoire ! »

Émilie

« Bien sûr, une histoire... »

Jean-Pascal

« Tes premières impressions, Émilie ? »

Émilie

« Je suis surtout confuse... Je ne suis pas sûre d'être la personne qui aurait dû gagner. »

Jean-Pascal

« Eh bien ! Ce n'est pas l'avis des concepteurs de cette émission, puisque à l'unanimité vous étiez la candidate la plus méritante. »

Émilie

« Mais ce n'est pas le jury qui a éliminé François, c'est lui qui a pris la décision de s'exclure du jeu. »

Jean-Pascal

« Absolument, et c'était le but de la dernière ronde éliminatoire. Nous voulions qu'un des deux finalistes se sacrifie. Le jury ne devait pas intervenir à ce stade du jeu. »

Émilie semble reprendre pied. Elle commence à comprendre.

Émilie

« Vous voulez dire que tout était prévu ? »

Jean-Pascal

« Tout. »

Émilie

« La chute que François a failli faire du haut du dôme ? »

Jean-Pascal

« Il y avait des filets prêts à se déployer. »

Émilie

« La chambre des chenilles ? »

Jean-Pascal

« La plupart étaient des fausses, du vulgaire caoutchouc. »

Émilie

« Et si j'étais tombée du *Brigantin* ? »

Jean-Pascal

« Le pont de l'épave était construit de sorte à pouvoir amortir la chute d'un éléphant sans lui faire la moindre égratignure. »

Émilie

« Vous vous êtes moqués de nous sur toute la ligne. »

Jean-Pascal

« Eh bien ! Moqués n'est peut-être pas le terme adéquat. Il fallait ajouter une part d'imprévu, sans quoi le jeu n'aurait jamais aussi bien marché. »

Émilie

« Malgré les risques que vous avez fait courir aux candidats ? »

Jean-Pascal

« Quels risques ? Tout était calculé, répété et peaufiné jusque dans les moindres détails. Les concurrents étaient aussi en sécurité que s'ils avaient joué une partie de Scrabble ! »

Émilie
« Vous pensiez tout contrôler, n'est-ce pas ? »

Jean-Pascal
« Absolument tout ! »

Émilie fixe Samuel.

Émilie
« C'est ce que vous vous étiez dit aussi lors d'*Évasion 24 heures* ? »

Jean-Pascal
« Ce coup-ci, nous n'avons laissé aucune place au hasard, je peux vous l'assurer. Même si certains candidats ici présents pourraient en douter. Tout était prévu jusque dans les moindres détails. La preuve ? »

Feux d'artifice de part et d'autre de la pyramide. Alex Straton, directeur de la chaîne, apparaît au sommet de l'édifice, derrière l'autel sur lequel repose le chèque destiné à la gagnante.

Jean-Pascal
« Chère lauréate, il est temps pour vous de profiter non seulement de la renommée

que vous avez acquise, mais surtout de la modique somme de cent mille dollars à laquelle vous avez droit. Pour ce faire, vous n'avez qu'à gravir la pyramide et accepter le chèque qui vous attend au sommet de la gloire... Et pas d'inquiétude, le plancher ne s'ouvrira pas, cette fois-ci ! »

Émilie hésite. Elle ne semble toujours pas convaincue qu'elle a remis les pieds dans la réalité. Elle regarde les autres candidats.

Enfin, elle se décide à marcher vers la pyramide. On l'entend murmurer.

Émilie

« Tout prévu... Vous aviez tout prévu ? »

La caméra suit la candidate qui marche en direction du *marae*. Émilie s'arrête au pied de l'édifice. Elle se retourne.

Elle revient sur ses pas.

Émilie

« Vous savez, Jean-Pascal, je ne suis pas venue ici pour gagner cet argent. Mon objectif était tout autre. »

Jean-Pascal

« Euh... oui, nous étions au courant, c'est ce qui faisait de vous une candidate si intéressante. Mais il se trouve que vous avez gagné, et cet argent vous revient. Allez le chercher. »

Émilie

« Et qu'est-ce que j'en ferais ? Mon prix, je l'ai gagné tout à l'heure, dans la pièce remplie de chenilles. J'ai changé. Je sais aujourd'hui, grâce à ce jeu, de quoi je suis faite et de quoi je suis capable. »

Jean-Pascal

« Bien sûr, mais l'argent... »

Émilie

« Il pourrait être utile à d'autres... »

Jean-Pascal

« Libre à vous d'en faire don ! »

Émilie

« Justement. J'aimerais offrir ce chèque à quelqu'un qui en fera un meilleur usage... J'aimerais l'offrir à Samuel. »

Visage de Jean-Pascal, blême.

Gros plan. Visage d'Alex Straton, blême aussi.

Émilie

« Et vous l'aviez prévue, celle-là ? »

Émilie va chercher Samuel par la main et l'emmène au pied de la pyramide.

Émilie

« Il est à toi, tu n'as qu'à aller le chercher. »

Samuel

« Pourquoi tu fais ça ? »

Émilie

« Disons que je n'ai pas regardé beaucoup la télé ces derniers temps, mais si je devais m'asseoir devant le petit écran, je préférerais ne pas tomber sur une chaîne dans le genre de Crash TV. »

Samuel

« Le message est clair. »

Samuel monte lentement sur le *marae*. Indicatif musical de l'émission. Feux d'artifice.

Il arrive au sommet en triturant une espèce de pierre pointue.

Les autres adolescents observent la scène.

En haut de la pyramide, gros plan sur le visage d'Alex Straton, souriant mais visiblement nerveux.

Samuel ne sourit pas. Il continue à jouer avec son caillou sculpté.

Alex

« Heureux de te recevoir en de tels sommets, Samuel. On peut dire que tu es chanceux d'avoir collaboré avec une fille comme Émilie. Te voilà plus riche de cent mille dollars. »

Samuel

« Et vous me demandez pas ce que je vais en faire ? »

Alex

« Faut que tu prennes cette victoire comme une compensation. Une compensation pour ce qui est arrivé à ton père. »

Samuel

« Vous essayez de m'acheter ? »

Alex

« Je comprends, tu nous en veux personnellement pour ce qui est arrivé, mais sache que la chaîne n'est aucunement responsable de ce qui s'est avéré être un regrettable accident de la route. »

Samuel

« Un regrettable accident... »

Samuel se jette sur Alex. L'adolescent est armé. Il coince le président-directeur général sur l'autel du *marae* en le menaçant de son couteau de pierre.

Samuel

« Autrefois, sur les autels, on sacrifiait des innocents... À partir d'aujourd'hui, ça va changer. »

Visage de Straton congestionné. Peur panique. Samuel s'apprête à lui trancher la gorge.

Alex

« Samuel, tous tes faits et gestes sont filmés par des dizaines de caméras. On peut s'arranger autrement... »

Les autres participants, ainsi que Jean-Pascal, paniquent. Personne ne sait quoi faire. Émilie porte les mains à son visage.

Émilie

« Je ne croyais pas qu'il... »

François

« Il est en train de craquer, il faut faire quelque chose... »

Jean-Pascal

« Pas question d'aller me battre là-haut. »

François

« Je ne pensais pas à vous. »

L'adolescent part à la course vers le *marae*, suivi d'Émilie.

Ils s'arrêtent au pied de la construction.

François

« Il n'y a pas de place pour nous deux, là-haut. Laisse-moi y aller. »

Émilie

« Tu dois monter vingt mètres sur des marches qui sont particulièrement étroites. Tu es sûr que tu peux y arriver ? »

François

« Ça va aller. »

François se précipite vers la construction. Émilie l'appelle.

Émilie

« Ne regarde pas... »

François

« ... en bas ! Tu me l'as déjà dit ! »

Gros plan sur les pieds de François qui gravissent rapidement les marches de la pyramide.

François bondit sur Samuel. Il essaye en vain de lui faire jeter son arme. Samuel reste agrippé à Alex et continue de le menacer.

François

« Lâche-le, Samuel, ce n'est pas la solution... »

Samuel

« Apprendre à la police où se cachait mon père alors qu'il avait presque gagné, c'était pas non plus la solution... C'est pourtant ce que ce cher monsieur a fait ! »

Alex

« Ce sont des niaiseries, on n'a jamais fait un truc pareil ! »

Samuel

« Ah non ? Mon père portait une puce électronique qui révélait sa présence aux caméras de surveillance de tout Montréal. Dès qu'il s'approchait d'une caméra, la puce le signalait pour que vous puissiez le *checker* n'importe quand. Exactement comme le cossin qui était dans nos t-shirts. Essayez pas de dire que c'est pas vrai. Le médecin qui a fait l'autopsie m'a montré ce que vous lui aviez plogué dans le bras. »

Alex

« ... »

Samuel

« La police a débarqué quand mon père se trouvait dans une de ses anciennes planques. Personne pouvait savoir qu'il était là, sauf vous. Il avait presque gagné. Vous avez enfreint les règles de votre propre jeu en disant aux policiers où il était. C'est ce qui a déclenché la poursuite qui lui a été fatale... »

Alex

« Il y avait une baisse de cotes d'écoute, il ne fallait pas que nous perdions des parts de marché, si nous voulions garder nos commanditaires... On n'a jamais voulu qu'un tel accident se produise... »

Samuel

« Avec ce qui va se passer dans pas long, c'est sûr que vous aurez pas de perte d'audience. Je peux vous le garantir. »

François tire de plus belle sur Samuel pour lui faire lâcher sa prise.

François

« Samuel, arrête ! Il y a d'autres moyens de régler ça. »

Samuel

« Qu'est-ce que t'en sais ? »

Samuel appuie plus fort sur son arme. Le cou d'Alex Straton est en sang.

François

« Je le sais parce que j'ai fait la même chose au père de ma famille d'accueil.

Sous les yeux de ses propres enfants !
Crois-moi, il n'y a pas un jour où je ne
regrette pas ce que j'ai fait. Ça ne vaut
pas la peine de vivre avec ça, surtout
quand on a une solution de rechange
comme celle qui est déposée sur l'autel. »

Samuel
« L'argent règle pas tout. »

Samuel ne desserre pas son étreinte.

François
« L'argent non, mais un procès contre
Crash TV, avec les preuves que tu as en
main, peut changer beaucoup de choses. »

Samuel se recule légèrement.

Samuel
« Mon père a jamais gagné de procès, on
gagne pas quand on vient de Montréal-
Nord ! »

François
« Avec les moyens que tu as, ton adresse
n'a plus aucune importance. Ce qui compte
maintenant, c'est ta conviction et ta volonté de battre Straton. Exactement la même
volonté qui t'a entraîné dans ce jeu, à la
différence que, cette fois, la victoire,

tu peux l'emporter dans la réalité, pas
dans un jeu ridicule ! »

Samuel lâche sa prise complètement. Alex Straton
se remet debout. Le candidat attrape le chèque
qui, dans l'altercation, est tombé par terre.

François et Samuel se préparent à descendre.
Samuel se retourne une dernière fois vers Alex
Straton. Il lance à ses pieds le caillou sculpté.

Samuel

« Un jour, pendant un braquage de dé-
panneur, mon père s'est chicané avec
son associé. Ce crosseur avait décidé,
dans le feu de l'action, d'abattre le com-
mis qui refusait de lui donner le cash.
Mon père, c'était pas un tueur, il avait
même pas de *gun*. Il faisait ça parce
qu'on devait manger, *that's it*. Il a cassé
une bouteille, pis avec un morceau cou-
pant comme un couteau, il a attaqué son
propre *chum*. Il l'a tué. Il a pogné vingt
ans. Mon père détestait qu'on le mani-
pule, je crois que je tiens ça de lui... On
va se revoir, Alex, on va se revoir dans
la vraie vie. »

Les deux garçons descendent de la pyramide. Ils
retournent vers les autres participants. Émilie
vient se poster près d'eux. Elle parle à François.
Petit sourire aux lèvres.

Émilie

« Tu vois, avec un peu de volonté, tu es tout à fait capable de passer pour un héros... Je suis sûre que les gens te reconnaîtront dans les rues de Montréal. »

Jean-Pascal tente de reprendre le contrôle de son émission. Il s'éponge le front, puis s'adresse à la caméra.

Jean-Pascal

« Wow ! Mes amis, quelle finale ! C'est sur ce dernier affrontement que se termine cette incroyable, cette époustouflante, cette invraisemblable première saison de *Tiki Tropical*. Preuve que Crash TV a le souci d'être une chaîne parfaitement transparente pour les téléspectateurs. Nous aurions pu ne pas diffuser la finale telle que vous venez de la voir. Mais vous venez d'assister à l'intégralité de ce que nous avons filmé, sans la moindre coupure. Car, depuis le début, le mot d'ordre pour cette émission est qu'elle soit criante de vérité.

Je tiens à remercier notre équipe technique qui, tout au long du tournage, a accepté de se cacher un peu partout dans cette jungle afin de veiller au bon déroulement des épreuves. Je remercie aussi les différents services de sécurité qui étaient présents sur le site et sans lesquels ce jeu n'aurait sans doute jamais vu le jour. Je veux également souligner la contribution des régisseurs, qui sont parvenus à dissimuler pas moins de deux cent quarante-cinq minicaméras et micros dans tous les recoins de l'île et, bien sûr, je vous remercie vous, téléspectateurs fidèles, qui étiez là pour suivre chacun des pas de nos concurrents. Vous qui n'avez pas décroché de votre téléviseur ! Merci à tous, au revoir et n'oubliez pas de garder un œil sur Crash TV, la chaîne de télévision qui vous fait sortir de votre réalité ! »

D'autres titres de Fabrice Boulanger

Alibis inc.

Quand on a une agence clandestine qui fournit des alibis, pas facile de se sortir du pétrin…

Jeu de dames

Le commerce de fausses cartes de Lucie dégénère quand elle se trouve impliquée dans «le coup du siècle». Réussira-t-elle à s'en sortir indemne?

Le Projet Tesla

Lucie doit sauver la vie de son père, tout en essayant de récupérer la copie d'un projet top secret conçu par sa mère.

Avis de tempête

Avec l'aide d'un comédien, d'un journaliste, d'un policier et d'une criminelle, Lucie risque sa vie pour empêcher des mains malhonnêtes de mettre en branle le projet Tesla. Retrouvera-t-elle sa mère, une scientifique qu'on croyait morte depuis des années ?

Photo: © Annie Pronovost

FABRICE BOULANGER

Fabrice Boulanger est auteur et illustrateur de livres pour la jeunesse. Peu avant de quitter sa Belgique natale pour émigrer au Québec, il fait des études supérieures en illustration et bande dessinée. Il remporte d'ailleurs le Prix jeunesse des libraires 2013 dans la catégorie «albums québécois» avec un livre au sujet controversé: *Ma soeur veut un zizi* (La Bagnole, 2012). Chez Québec Amérique, après la série *Alibis* composée de quatre polars mouvementés, il propose *Tiki Tropical*, une aventure en pleine jungle lors d'un jeu télévisé.

Du même auteur chez d'autres éditeurs

La Machine à explorer le temps, La Bagnole, 2014.
Dracula, La Bagnole, 2014.
Frankenstein, La Bagnole, 2013.
Vingt milles lieues sous les mers, La Bagnole, 2013.
Ma sœur veut un zizi, La Bagnole, 2012.
Maman va exploser, La Bagnole, 2010.
Le Fou du roi, Michel Quintin, 2009.
Beurk! Des légumes, ERPI, 2009.
La pendule d'Archimède, Michel Quintin, 2006.
Un boucan d'enfer, ERPI, 2006.
Une idée de grand cru!, Michel Quintin, 2005.